KB017766

글누림비서구문학전집

바다 건너 가교를

14
글누림비서구문학전집

바다 건너 가교를

·

니이 오순다레

김준환 옮김

글누림

가교를 놓은 이들에게 행운의 찬사를

최종적으로 이 짧은 서문을 써야겠다는 결정적인 영감이 떠오른 곳은 바로 항구 도시 부산에서 김수우가 만들어 운영하는 북카페 백년어서원이었다. 2019년 10월 11일 금요일 저녁, 그 곳은 한국의 문학인들, 대학교수들과 학생들, 작가들, 독자들, 책 애호가들로 가득했다. 언저리까지 차오른 크림처럼 빽빽이. 그날 저녁에 다루어질 작품을 쓴 초청 작가로서, 나는 정면에 있는 탁자에서 어마어마한 문학인들 네 명에 의해 안전하게 에워싸여 있었다. 이들 중 한 사람이 그날 저녁 모임을 위해 특별히 나의 시를 모아 멋지게 만든 작은 책자에 담긴 약 스물일곱 편의 시와 한국어로 번역된 시들을 해설하며 지적으로 탐구하여 우리를 깊이 몰두하게 했다.

부산 모임에서 제기되었던 가장 기억에 남는 주제는 세계의 "주요" 언어로 쓰인 문학과 비교하여 주요 언어가 아닌 언어로 쓰인 문학 작품의 운명이었다. 특히 전 지구적인 문학상이 항상 "주요" 언어들로 쓰인 작품들에게 주어지는 방식들이었다. 의도적이든 아니든 이런 식의 도외시는 힘 있고 특권을 지닌 언어와 힘없고 주변화된 언어 사이의 오랜 격차를 더 벌어지게 했다. 그렇다면, "전 지구적"인 문학적 취향과 가치를 판단하는 강력한 눈과 귀를 지닌 판관들에게서 멀리 떨어진 지역의 언어들로 쓰인 어마어마하게 다양하고 풍성한 작품들은 어떻게 발견될 수 있겠는가? 문학의 정전을 만드는 이들의 이해력과 그들의 권위적인 승인 너머에 존재하는 언어들로 만들어진 작품들의 의미와 방식을 그 이외의 사람들이 함께 나눌 수 있게 하려면 어떻게 해야 할까?

바로 여기에 번역의 필수불가결성이 있다. 번역은 가교를 놓고, 범인간적인 이해와 계몽의 씨앗들을 뿌릴 토양을 부드럽게 고르는 행위다. 왜냐하면 번역을 통해서 언어들과 그 언어들이 나온 문화들 사이에 있는 유사성의 영역들이 발견될 수 있을 뿐만 아니라, 그것들 사이에 있는 차이—흔히 그 차이에 따르는 가능한 정치의 운영(정치하기)—의 영역들도 포착되어 주목받게 될 수 있기 때문이다. 언어는 인간의 자질들 중 빈틈없이 지킨다는 의미에서 가장 영토적이다. 언어는 그 언어를 사용하는 사람의 생물학적, 심리학적, 문화적, 인식론적 특이성이라는 면에서도 가장 고유하다. 여러 차례 이 토착적인 고유성을 탐사하고 영토성을 협상하려는 시도가 번역자의 작업을 그토록 도전적이자 매력적이며 또한 본질적으로 만든다. 그래서 진정한 번역 작업은 해석과 비교를 동시에 실행하는 일이며, 여기서 번역자는 연결하고 가능하게 하는 지극히 중요한 자이다.

"연결하는 자" 그리고 "가능하게 하는 자"로서 김준환 교수는 너그러운 마음으로 나의 시들을 한국어로 번역해주었다. 번역이 진행되는 동안 우리가 주고받은 [이메일] 서신에서 그가 제기했던 세심하고 매우 전문적인 의문과 질문은 내가 썼던 수많은 시들이 창조되었던 그 원래의 상황으로 나를 다시 이끌어갔다. 영어로 된 어떤 시행들에 대한 그의 해석은 실제로 단어들의 내부 깊숙이 갇혀 있던 미묘한 차이들과 깊은 통찰력을 드러내어 나를 놀라게 했다. 구문을 생략하고 반복을 길게 늘여 사용한 점, 단어들의 소리와 울림을 이용해서 기묘한 효과를 만들어낸 점, (나의 기질에 따라) 새로운 단어를 만들고 오래된 단어들을 독창적으로 재생시킨 점, (나의 본질적인 태도에 따라) 기존의 말과 사상을 침범해 넘어서려고 한 점 등, 번역과 관련된 이 모든 사안들이 우리가 주고받은 서신에서 제기되었다. 이를 통해 나는 단어들과 그 단어들의 구문론적 배열에 담겨 있는 소통의 잠재성을 예리하게, 보다 자의식적으로 생각하게 되었다. 분명히, 번역자는 영어로 쓰인 내 시들을 번역하면서 강력한 요루바어의 심층구조를 지닌 영어로 쓰인 시를 번역하고 있다는 생각을 했을 것이다. 수년 전 내가 어느 산문에서 말했듯이, 나의 모국어이면서 나의 첫 언어인 요루바어에서, 시는 음악이며 음악은 시다, 그리고 듣는 이의 귀는 언제나 시인의 입 가까이에 있다.

독수리의 예리한 눈을 지닌 준환과 함께 수많은 시행들을 검토한 일은 도전적이면서도 흥미진진했다! 그의 인내심과 지혜에 감사한다. 마찬가지로 이 번역을 가능하도록 이끈 기획자 김재용 교수의 창조적인 추진력과 많은 것을 가능하게 한 그의 진심어린 열의에도 감사한다. 그리고 나의 시가 한국 독자들에게 접근 가능하도록 애써준 다른 모든 분들에게도 감사한다. 모 두페 오(Mo dupe o, 진정 그대들에게 감사합니다).

2019년 12월 15일
이바단, 나이지리아
니이 오순다레

간행사

구미중심적 세계문학에서 지구적 세계문학으로

괴테가 옛 이란인 페르시아에서 아주 유명하였던 시인 하피스의 시를 독일어 번역을 통해 읽고 영감을 받아서 그 유명한 『서동시집』을 창작한 것은 아주 널리 알려진 일이다. 괴테는 비단 하피스뿐만 아니라 페르시아의 역사 속에 등장하였던 숱한 시인들에 대해서도 공부하고 일일이 설명하는 노고를 그 책에서 아끼지 않을 정도로 동방의 페르시아 문학에 심취하였다. 세계문학이란 어휘를 처음 사용한 괴테는 히브리 문학, 아랍 문학, 페르시아 문학, 인도 문학을 섭렵한 후 마지막으로 중국 문학을 읽고 난 후 비로소 세계문학이란 말을 언급했을 정도로 아시아 문학에 깊이 심취하였다. 괴테는 '동양 르네상스'의 전통 위에 서 있었다. 16세기에 이르러 유럽인들이 고대 그리스 로마의 정신적 유산을 비잔틴과 아랍을 통하여 새로 발견하면서 르네상스라고 불렀던 것을 염두에 두고 동방에서 지적 영감을 얻은 것을 '동양 르네상스'라고 명명했던 것이다. 동방의 오랜 역사 속에 축적된 문학의 가치를 알게 되면서 유럽인들이 좁은 우물에서 벗어나 비로소 인류의 지적 저수지에 합류한 것이다.

그러나 중국에서 생산된 도자기와 비단 등을 수입하던 영국이 정작 수출할 경쟁력 있는 상품이 없다는 것을 깨닫고 인도와 버마 지역에서 재배하던 아편을 수출하며 이를 받아들이라고 중국에 강압적으로 요구하면서 아편전쟁을 벌이던 1840년대에 이르면 사태는 근본적으로 달라졌다. 영국이 산업화에 어느 정도 성공하면서 런던에서 만국 박람회를 열었던 무렵인 1850년대에 이르러서 비로소 유럽이 전 세계를 지배하게 되는 움직임이 시작되었다. 13세기 베네치아 출신의 상인 마르코 폴로와 14세기 모로코 출신의 아랍 학자 이븐 바투타가 각각 자신의 여행기에서 가난한 유럽과 대비하여 지상의 천국이라고 지칭하기도 했던 중국이 유럽 앞에서 무너지는 것을 보면서 예전의 방식은 더 이상 통하지 않게 되었고 새로운 세계상이 만들어져 가기 시작하였다. 유럽인들은 유럽인들이 만들고 싶은 대로 이 세상을 만들려고 하였고, 비유럽인들은 이러한 흐름에 저항한다는 것이 거의 불가능하다는 것을 알아차린 이후에는 유럽의 잣대로 세상을 보는 방식을 배우기 위해 유럽추종에 혼신의 힘을 쏟았다. '동양 르네상스'의 기억은 완전히 사라지고 그 자리에 들어선 것은 '문명의 유럽과 야만의 비유럽'이란 도식이었다. 유럽의 가치와 문학이 표준이 되면서 유럽과의 만남 이전의 풍부한 문학적 유산은 시급히 버려야 할 방해물이 되기도 하였다. 처음에는 유럽인들이 이러한 문학적 유산을 경멸하고 무시하였지만 나중에서 비유럽인 스스로 앞을 다투어 자기를 부정하고 유럽을 닮아가려고 하였다. 의식과 무의식 전반에 걸쳐 침전되기 시작한 이 지독한 유럽중심주의는 한 세기 반을 지배하였다. 타고르처럼 유럽의 문학을 전유하면서도 여기에 함몰되지 않고 자신의 전통과의 독특한 종합을 성취했던 이들이 없었던 것은 아니지만 주된 흐름을 바꾸기에는 역부족이었다.

유럽이 고안한 근대세계가 내부적으로 많은 문제점들을 드러내자 유럽 안팎에서 이에 대한 비판이 이루어졌고 근대를 넘어서려고 하는 노력들이 다방면에 걸쳐 행해졌다. 특히 그동안 유럽의 중압 속에서 허우적거렸던 비유럽의 지식인들이 유럽 근대의 모순을 목격하면서 자신의 과거를 돌아보는 성찰의 시간을 가지면서 사태는 달라지기 시작하였다. 유럽중심주의를 넘어서려는 이러한 노력은 많은 비유럽의 나라들이 유럽의 제국에서 벗어나는 2차 대전 이후에 이르러 본격화되었다. 정치적 독립에 그치지 않고 정신적 독립을 이루려는 노력이 문학을 중심으로 광범위하게 이루어졌던 것이다. 구미중심주의에 입각하여 구성된 세계문학의 틀을 해체하고 진정한 의미의 지구적 세계문학으로 나아가기 위해서는 두 가지의 인식 전환이 필요하였다. 하나는 기존의 세계문학의 정전이 갖는 구미중심주의를 분석하고 비판하는 것이다. 현재 다양한 세계문학의 선집이나 전집 그리고 문학사들은 19세기 후반 이후 정착된 유럽중심주의의 산물로서 지독한 편견에 젖어 있다. 특히 이 정전들이 구축될 무렵은 유럽이 제국주의 침략을 할 시절이기 때문에 이것은 더욱 심하였다. 아무리 뛰어난 재능을 가진 유럽의 작가라 하더라도 제국주의에서 자유로운 작가는 거의 없기에 그동안 별다른 의심 없이 받아들여졌던 유럽의 세계문학의 정전들을 가차 없이 비판하고 해체하는 작업은 유럽중심주의를 넘어서기 위해서 반드시 거쳐야 할 과정이었다. 하지만 이는 필요조건이지 충분조건은 아니었다. 서구문학의 정전에 대한 비판에 머무르지 않고 비서구 문학의 상호 이해와 소통이 절실하다. 비서구 문학의 상호 소통을 위해서는 비서구 작가들이 서로의 작품을 읽어 주고 이 속에서 새로운 담론들을 만들어 내는 것이 필요하다. 기존 정전의 틀을 확대하는 것은 임시방편일 뿐이고 근본적인 전환일 수 없기에 이러한 작업은 지구적 세계문학의 구축을 위해서는 반드시 거쳐야 한다. 비서구문학전집은 이러한 인식의 전환을 위한 새로운 출발이다.

글누림비서구문학전집 간행위원회

차례

일러두기

1. 시집 구성

이 시선집에 수록된 시는 모두 67편으로, 시인이 한국 독자들을 위해 16권의 시집에서 직접 선정한 54편의 시에 옮긴이가 제안하고 시인이 받아들인 13편의 시를 추가하여 구성한 것이다. 전체 시의 배열은 시인이 최종적으로 조정했다.

옮긴이가 추가한 13편: 「어느 한 지도의 희생자」, 「그 도시가」, 「긴급구조전화」, 「재난지관광업」, 「첫 비」, 「공포의 계절, 그 시절의 사랑」, 「공적인 격정」, 「무지」, 「나미비아가 말한다」, 「국제통화기금」, 「찰리 검문소」, 「베를린 1884/5」, 「혐오에 부치는 송시」

2. 시집 제목

이 시선집의 제목은 옮긴이가 시인의 시 제목과 시 구절들 중 열 가지의 가능한 제목을 선정하고 이를 시인과 협의하여 최종적으로 「나는 세상을 어루만지고 싶다」의 한 구절로 정했다.

3. 주석

주석의 경우, 원 텍스트의 주석은 [지은이 주], 원 텍스트에는 없지만 지은이에게 문의하여 확인한 주석은 [지은이 확인], 그중 옮긴이가 추가한 내용은 [옮긴이 추가], 옮긴이가 제안하고 지은이가 수정 가능성을 보인 내용은 [옮긴이 제안/지은이 확인], 그리고 옮긴이의 주석에는 아무런 표기도 하지 않았다.

시작하며

시란

어느 배타적인 혀의
내밀한 속삭임이 아니다
어느 놀라워하는 청중을 끌기 위한
술책이 아니다
그리스-로마 설화 속에 묻혀 있는
어느 박식한 퀴즈가 아니다

시란
음색을 거두어들이는
생명의 근원
더 많이 목청을 뽑으면
더 많은 마음을 휘젓는
행동의 선구자

시란
행상인의 짤막한 노래

징의 웅변
장터의 서정시
풀잎 위 아침 이슬 비추는
환한 빛

시란
부드러운 바람이
춤추는 잎에게 음악을 들려주는 것
발바닥이 먼지투성이 길에게 말해주는 것
벌이 유혹하는 꿀에게 붕붕대며 불러주는 것
내리는 비가 처진 처마에게 읊조리는 것

시란
고독한 현자의 돌을 위한
신탁의 알맹이가 아니다

시란

사람에게

의미하는

사람

이다.

1부

말은 알

내 혀는 분홍빛 불
그 혀의 불이 그대의 귀에 불을 지르지 않게 하라

속담들이
기다리는 웃음들의 거리에서 부딪힐 때

웅얼대는 순간들이
지는 해의 입술에서 애도가를 겨우겨우 꾸려낼 때

우리는
달의 이빨을 세고

사라져가는 별들을 위해
자그마한 화환을 노래 부르리라 …

말은, 말은

알:

그것이
더듬거리는 혀의 노출부에 떨어진다면

깨어지리라
그러모을 수 없을 정도로.

나는 쓴다, 고로, 나는 존재한다

> … 글쓰기라는 단순한 능력은 인간으로부터
> 동물을, 시민으로부터 노예를, 주체로부터
> 객체를 구분했던, 바로 그 상품이었다.
> ─헨리 루이스 게이츠 주니어, 『검은 형상들』

나는 말을 마체테*처럼 휘두르고

매일 아침

역사의 숫돌에 갈아

상처 난 기억들의 칼집에

집어넣는다

한낮에 마체테는 팡가**가 되어

바람의 음모를 관통해

소리 없이, 당당하게, 헤쳐 나가며,

거드럭거리는 태양의

수염을 잡아당긴다

* 마체테(machete): 날이 넓은 큰 칼로 주로 벌채용으로 사용됨.
** [지은이 주] 팡가(panga): 전쟁에서 사용되는 형태의 마체테.

저녁 무렵, 팡가는
잠들지 않는 촉을 지닌 펜과
굽이치는 바다의 수원(水源)˚으로
기세를 발휘하여
묻혀 있는 이름을 휘저어 환기시키고,
소리 죽인 갈망에 혀를 빌려준다

그리고 지금,
한때 앨버트로스였던, 말은
흑단의 재에서 나온 불사조;
한때 주인이 잠가뒀던 문은
의미화하는 쇠붙이의 기운으로 열어젖힌다.

˚ 펜(pen)과 수원(fountain): 만년필(fountain pen)의 말놀이.

나는 세상을 어루만지고 싶다

나는 세상을 어루만지려는 충동
동틀 녘 미풍보다 더 예리한 충동
고집스런 믿음 같은 억누를 수 없는 충동에 휩싸여 있다

바다 건너 가교를 내뻗고
모든 산에게 소소한 이야기를 들려주고
나무들이 땅 아래 뿌리들과 만나는 걸 지켜보고

동쪽에서 노래하고 서쪽에서 춤을 추고
월식과 일식 없는, 하늘 중심에서
달이 해와 만나게 하고

목소리들이 자기 메아리를 기억해 모으는
언덕을 가로질러 열정적인 숨결을 교환하며
바람결에 비둘기를 씨 뿌리듯 퍼뜨리고

물 한 방울 속 태양

해와 비의 무지개 연합

문에서 문으로 내닫는 길을 보려는 그 어떤 충동에

나는 수천 장의 우표에 입을 맞추고

무수한 봉투의 들뜬 혀들을 적셔서

급히 흘러드는 소식들*로 모든 해안가를 수놓으련다

수평적인 존재의 사슬** 속 금빛 고리

나는 구름을 어루만지고

모든 꿈의 겨드랑이를 간지럽히려는 그 어떤 충동에 휩싸여 있다

나는 빛을 찾아가는 나지막한 덩굴

손가락들이 살아 움직이는, 밤의 손

명사를 기다리는 형용사.

* 소식(tide-ings): 조류(tide)가 밀려들어옴(ings)이라는 의미.
** 존재의 사슬(the chain of being): 원래는 존재의 수직적인 위계질서.

분노에 부치는 송시

내 분노를 앗아가지 마라
내 주름진 이마, 내 악문 이빨,
내뱉지 못한 말을 머금고 떠-

는, 떠는 내 입술의 격동을;
한땐 더없이 행복무지한˙ 보조개 머물렀던
내 볼의 헐떡이는 검은 표범을

내 분노를 앗아가지 마라
화산이 내 명치에 모여든다
이야기와 불 노래로 나를 분출케 하라

꿈은 죽어가고, 물은 통곡한다
중세의 군주들은 바위로 된 고지대에서 우리의 삶을 명한다

* 행복무지한(blissfool): "더없이 행복한"(blissful)의 말놀이.

정의는 공동의 교수대에 대롱대롱 매달려 있다

찬양 가수˙는 뚱뚱하고, 진실은 빼빼하다,
썩은 고기 포식자는 거리를 떼 지어 다닌다,
그들의 이빨 사이엔 아기의 사지들

아무것도 모르는 자들은
아무것도 믿지 않는 자들과 지혜를 거래한다
신의와 익살 사이엔 공동의 신조

내 분노를 앗아가지 마라
내 고집스런 명사,
전갈처럼, 불타오르는 이야기를 나르는 내 형용사
황제가 마수(魔手)를 뻗치면

* 찬양 가수(praise-singer): 아프리카 전통 사회의 찬양 가수로 주요 인사를 찬양하는
노래를 작곡하거나 연주하는 사람.

난 그에게 악수하는 영광을 거절한다
내 손바닥은 보다 부드러운 흙으로 만들어졌으니

앗아가지 마라 내 분노,
고집 센 내 격노,
보다 온전한 꿈의 용광로에 불을 붙이는 내 노기를

모호한 유산

내가 단풍나무 뒷면을
장난스레 만지자,
단풍나무는 기쁨에 차 웃는다
틀림없는 영어식 어투로

내가 스트랜드가(街)를 따라 걸어가자,
템스 강이 내 귀를 사로잡는다
앵글로-색슨식 관용구의 물결로

여기
도로들이 발밑에서 꿈틀거린다,
발바닥의 피부색을 몹시 의식하며;
역사는 쇄석 포장된 침묵의 깨진 돌무더기를 지나며
이야기를 흔들어댄다˙ …

* 역사가 "이야기를 흔들어댄다"(History … wags its tale): "꼬리를 흔든다"(wags its tail)
는 일반적인 표현을 이용한 말놀이.〈61쪽 세 번째 주석 참조〉

이 정복하는 언어

그 음절들이 수많은 배를 물 위에 띄운다:

변화무쌍한 동사활용형들

복음을 전도하는 명사들

고르지 않은 절(節)들의 문법

wall(벽) 혹은 window(유리창)

       curse(저주) 혹은 cure(치유)*

그대는 더듬거리는 입가의

자줏빛 상처,

목구멍의 미로 속

이중모음의 전투를

볼 수 없는가?

* 이 두 행의 각 첫 단어는 단모음, 두 번째 단어는 이중모음으로, 이 연의 6행으로 연결됨. 요루바어에는 이중모음이 없음.

셰익스피어가 했던 말투를 차용하는 것
오, 이따금 그로 인한 고통!

다우닝 칼리지, 캠브리지, 1990년 7월

점토(粘土) 빚기

나를 그대의 점토가 되게 해주오
그리고 나를 빚어주오
나를 그대 마음껏 빚어주오
나를 그대의 형상 짓는 손바닥에서 아이처럼 다뤄주오
그대의 손금이
내 유연한 등 위 출생의 반점이 되도록
그리고 그대의 도공(陶工)이 뜻을 다 이룬다면
나를 떼 내어 뚜렷하게 만들 그대의 가마로 가져가주오

나를 그대의 씨앗이 되게 해주오
그리고 나를 심어주오
그대의 비옥한 가슴
우거진 골짜기에
나를 심어주오
그리고 다섯 번째 날
이슬 머금고 수줍어하는 땅을 가르며 나오는

나의 날 선 새싹을 지켜보고

내가 고집 센 잡초들을 길들이는 걸 지켜보고

내가 풍성한 수확물로

그대의 곳간을 넘치게 하는 걸 지켜봐주오

나를 그대의 노래가 되게 해주오

그리고 나를 노래해주오

호각소리처럼

나를 청아하게 노래해주오

나의 제재에 마음 써주고, 나의 양식을 주조해주오

노래하지 않는다면

노래는 다 무엇이고

노래가 없다면

노래하기는 다 무엇이란 말이오?

나를 노래해주오

사원과 선술집에서
침실과 장터에서
농장과 공장에서
정부 보류지'와 퍼져가는 빈민가에서

나를 빚어주오
나를 심어주오
나를 노래해주오

잠들어 있는 세상을 깨우도록.

* [지은이 주] 정부 보류지(GRAs—Government Reserved Areas): 독점적/배타적, 특전 지역.

오늘 아침 나는 깨어난다

오늘 아침 나는 깨어난다
나의 목청에 노래 하나 머금고
젊디젊은 바람은 잎으로 하프를 타고
떠오르는 발은 고지대의 태양을 맞으러
길을 둥둥거리며 나아간다
나의 발바닥은 이슬을 밟으며
순결하게 시원한 대지로
나의 몸을 일으킨다

낮은 밤의 잠에서 깨어났다
실 잣는 이가 물렛가락을 돌릴 시간
낮이 깨어났다
대장장이가 쉭쉭대는 쇠 속으로
벙긋거리는 석탄을 넣고 부채질할 시간

나는 마을 포고꾼의

귀 따갑게 외쳐대는 소리를 빌리고
징의
꺾이지 않고 낭랑하게 퍼지는 소리를 얻고
비둘기의
벨벳 깃털로 나의 목을 푹신하게 완화하고
천둥의
화급(火急)함으로 나의 말을 장전했다
내가 노래하면 귀들이 내 쪽으로 기우리라

나는 용기를 방패처럼 장착하고
숨기를 거부하며
마을 개울에
독을 쏟아붓는 자들을 지켜본다

나는 용기를 방패처럼 장착하고
왕들에게 그들의 방귀가

마을 사람들의 코를 질식시킨다고 말한다

나는 용기를 방패처럼 장착하고
산처럼 벅차고 엄청난 거리에서
손 닿을 듯 가까운 평원을 향해 외치며
사람들이 험한 정상들과
그로 인해 가라앉은 계곡들로 만들어버린 언덕들의
위압적인 메아리를 몰아낸다*

바다를 보지 못한 그에게
스튜 속 소금을 맛보게 하라
불을 알지 못하는 그에게
비 오기 전 계절

* [지은이 확인] 복합은유(mixed metaphor). 산(mountain) / 언덕들(hillocks)은 "먼 거리",
"떨어져 있음", "오만함", "독재" 등을 상징하고, 평원(plain)과 계곡들(valleys)은 "가까
움", "동지애", "공감", "민주주의" 등을 상징함.

숲의 화염을 지켜보게 하라
시인을 알지 못하는 그에게
말'의 발자국 소리를 듣게 하라

나의 목소리는 감미롭게
연안을 따라 흐르는 물결의 장려함 속에 씻기고
비바람 없는 대양의
짙어가는 푸른빛으로 물든다
나의 비전은 구름 한 점 없는 하늘의
알루미늄 빛 선명함으로 예리해진다

나의 말은 불모의 숲 속 잎사귀를 퍼덕이게 하는
내시 바람처럼 거짓을 고하지 않으리라
내 말은 지혜의 나무로 올라가

* 말(words).

생각의 과실들로 수많은 사람들을 먹이고
강력한 씨앗을 땅에 심으리라

왜냐하면
오늘 아침 나는 합창대가 온 세상에 메아리치게 하는
노래 하나 나의 목청에 머금고 깨어났기에

의미 있는 선물
(록시 아카예호에게)*

그대는 한 시인에게 펜을 주고
노래의 집으로 가는 문을 활짝 열어주었지

이 펜으로 나는
눈에 보이는 사물들, 보이지 않는 사물들의 깊이를 측량하고
말 없는 채석장 사이
개간 안 된 책장을 갈아 그 이랑에 작은 빛을 뿌려 심으리

해의 발아래 있는 밤의
비밀로 해를 놀라게 하고
잠자는 달을 뒤흔들고, 묻혀 있는 별을 재촉하고
어두운 굴을 자극하리라, 이 펜촉의 불로

* [지은이 확인] 1997년 한 북 콘서트에서 시인에게 만년필을 준 뉴올리언스의 아프리카
계 미국인 여성.

나는 이 펜의 쪽빛 잉크로
계절의 옷을 물들이리라
노래와 감각으로 짙은
검정색으로 하얀색 표면을 놀라게 하리라

내 손에 있는 이 펜은
초와 꿀로 끝을 바르고 지혜로 날개를 단
오랫동안 구하던 에세가이˙

이 펜은 뿌리 깊은 공간의 티끌을 알고 있다
기억으로
자주색이 된 부서지는 파도들과 요람들을
뿔뿔이 흩어진 자들의 심홍색 이야기들을

* 에세가이(assegai): 남아프리카 원주민이 쓰는 가는 창(槍).

머나먼 거리들과 이음매 없는 대양들을*

이 펜은 상처의 노래

행복한 왕국 속 크나큰 슬픔의 길

오래 지연된 꿈의 소리 없는 폭발

성호(城濠)** 없는 우리 피부의 성곽에 난 균열을 알고 있다

이 펜은 태양의 거리 위

거지들과 빵을 나누고

먹어대는 족장들***의 위(胃) 속 작은 폭풍을 일으키고

황제를 거울 속 괴물과 마주하게 한다

* [지은이 확인] 대양의 노예무역을 통해 흩어진 사람 혹은 그 사건, 그리고 그로 인해 좀처럼 사라지지 않는 기억들.

** 성호(城濠): 성의 바깥 둘레에 도랑처럼 파서 물이 고이게 한 곳.

*** [지은이 확인] 먹어대는 족장들(eating chiefs): "탐욕스런(greedy) 족장들"의 완곡한 표현.

이 펜은 독수리처럼 솟아오르고

돌고래처럼 헤엄치고

지렁이들과 함께 땅과 대화하고

기억에게 가면을 씌워주고,* 의미를 부여하리라.

그대는 한 시인에게 펜을 주고

노래의 집으로 가는 문을 활짝 열어주었지

* 오스카 와일드(Oscar Wilde)의 『도리언 그레이의 초상』(*The Picture of Dorian Gray*): "사람은 자기 자신으로 말할 때 가장 자기가 되지 못한다. 그에게 가면을 씌워주면, 그가 네게 진실을 얘기할 것이다." (Man is least himself when he talks in his own person. Give him a mask, and he will tell you the truth.)

겸손한 질문⑴[*]

풀잎은 들판에서 자라느라 분주하다
이슬 머금은 새벽은 모두 헤아릴 수 없는 은혜

생울타리는 정원 주위로 거칠게 솟아올라
커다란 가위에게 깎아 달라 청한다

강은 계곡에서 꿈틀대며 흐르고
고지대의 바위들은 앞 다퉈 반짝이며 부드러워져간다

벌들은 기쁨의 낙원을 위해 꿀을 모으고
거미의 베틀은 손발의 공장

부지런한 새는 내 눈에서 졸고 있는 빛을 정리한다

---

[*] 이 시의 제목은 영국계 아일랜드 작가 조너선 스위프트(Jonathan Swift)가 식민지 아일랜드 문제를 다룬 「겸손한 제안」("A Modest Proposal")이라는 제목을 염두에 두고 변형한 것.

그토록 확실한 부리, 머나먼 비로 씻긴 깃털

　　나는 부지런한 이른 해가 뜨자
　　딱딱한, 검갈색 씨앗을 엄지와 검지로 쥐고
　　역사를 머금은 채 말없이, 꼬투리 냄새를 맡고는

　　놓아 준다; 씨앗은 바람 타고 흥에 겨워 떠돌다
　　후에 어느 석회나 옥토에 내려앉아
　　새 침상과 자갈 베개에 누워보리라

　　구름은 비를, 하늘은 해를 드리우고
　　씨앗은 나무가, 나무는 숲이 되고
　　숲은 한 시대 …

들판에선 풀잎이 자라느라 분주하고
벌은 꿀을 모으는데

왜 인간은 전쟁을 치르느라 분주하고
죽음의 씨앗을 퍼뜨리고 있는지

르완다*

강이 붉은 빛으로 흐른다:
해골산들이 구름의 양심을 찌른다

배부른 독수리가 자투리 지붕에서 코를 곤다
너무 심한 악취가 바람을 질식시킨다

원시 괴물이 땅을 찬탈한다,
손엔 미친 마체테

그 입술엔 구호,
옛 흉터가 곪아 새 상처를 낸다
강이 붉은빛으로 흐른다

* [지은이 확인] 르완다: 르완다 집단학살(Rwanda Genocide), 아프리카의 (무)책임, 그리고
세계 강대국들의 냉담한 무반응. [옮긴이 추가] 르완다 내전 중 1994년 4월 7일부터 7월
15일에 벌어진 투치족, 투와족, 온건한 후투족을 대량 학살한 사건. 당시 르완다 정부의
고위급 인사들이었던 후투족의 정치 엘리트들에 의해 기획된 이 학살은 추정상 50만
에서 100만 명이 죽은 것으로 알려졌으며, 그중 투치족의 70%가 살해되었다고 한다.

세상은 멀리서, 둔감하게
학살을 구경한다:

유럽은 지도에서 그 지점을 지정하지 못하고
미국은 정글을 통과하는 길을 찾지 못한다

피의 실개울이 홍수로 범람한다
부푼 땅이 엄청나게 불어나는 시체를 애탄한다 …

또다시, 꾸물대는 세상은
그 고통의 색에 서로 달리 달려든다

강이 흐른다, 붉은빛으로.

나는 한낮의 방문객*

나는 한낮의 방문객
태양의 우주로,
안개 낀 물에 발을 씻고
질주하는 바위와 대양으로,
하늘의 푸르디푸른 이빨과
비의 약속을 그러모으는 구름으로
이루어진 쉼 없는 천체

나는 빛
나는 그림자
나는 작고 큰 공간들의
빛나는 언약

* [지은이 확인] 이 시가 담긴 시집 이름인 "중년"(midlife)은 제약받지 않고 충만한 상태의 열대 태양이 지상의 관측자 머리 바로 위에 있는 "한낮"(midday)과 유비적 관계를 형성하며, 바로 이때 시인이 세상을 방문하는 것.

나는

환한 시곗바늘의 기록부*에

이름이 있는 심연들,

비전들의 과수원 속 반쯤 뜬 눈**

나는 숲의, 톡톡거리는 뿌리의,

그리고 자극하는 바람에 맞춰

흔들, 흔들거리는 잔가지의

초록빛 룸바,

속삭이는 관용구들의 전설처럼

나무에서 나무로 지나다니는 메아리;

* [지은이 확인] 환한 시곗바늘의 기록부(the register of brightening dials): 복합은유. "환한 시곗바늘"은 우선 시계 면과 한낮 태양의 유사성을 지칭함. 여기서의 dial은 시곗바늘로 그 움직임이 세월의 흐름을 가져옴. 요루바족의 우주론은 태양, 그리고 그 태양이 시간을 측정하고 인간의 삶과 숱한 행위들을 규정하는 법에 많은 의미를 부여함.

** [지은이 확인] "반쯤 뜬 눈"(mid-wink)도 "한낮"(midday)과 유비적 관계에 있는 단어. 눈을 깜빡이는 중간 지점은, 비전들을 찾는 시인이 그것들을 수확하는 과정에서의 서막.

나는 미풍의

연극에서 사각거리고, 타닥거리는

코코넛 잎사귀의 호박(琥珀) 빛 광택,

껍질에서 속으로 가는 길고 어려운 여정

나는 부풀어 절정에 달한

팔월 강의 광채;

퍼붓는 소나기의 그림자 속

동전을 세는 강기슭*

나는 한낮의 방문객;

나는 달의 팔꿈치만큼 가까이에서

새 이가 나는 경험을 했고;

익어가는 곡물 밭은

* 강기슭(bank): 영어로 같은 단어인 은행(bank)과 동전(coin)을 연결하여 쓰면서, 여기서는 강물에 비가 내리며 만든 동그라미를 지칭.

내 해의 입에 그 어떤 두려움도 몰아넣지 않는다.

나는 한낮의 방문객.

나는 열린 공간을 열망한다

어느 신화의 뱃속에서,
눈먼 전설로 일자무식이 된 채,
묵묵한 속담의 미로 같은 구문 사이에서 길을 잃은 채,
수많은 계절을 보낸 후
나는 열린 공간을 열망한다

입의 동굴,
열쇠 없는 자물쇠의 상처를 애도하는 입술 속에서
혀가 말없이 헤맨 후
나는 열린 공간을 열망한다

낮이 단호하게 명령하는 밤에 걸려 비틀거리는
중세기의 정글과 거리처럼
빽빽해진 칙령들로부터
나는 열린 공간을 열망한다

숲 속 빈 터처럼

바닷가 산책로처럼

드넓은 하늘 안 새의 새파란 영역처럼

산처럼, 강처럼

말 많은 언덕의 목소리를 되돌려 주는 메아리처럼

나는 열린 공간을 열망한다

콘크리트 발톱으로 방을 죄어오는 벽으로부터

잊힌 시대에서 온 파수꾼같이

경첩이 경직된 문으로부터

나는 열린 공간을 열망한다

걷어차인 전갈같이 톡 쏘는 미소로

권능을 찾아 헤매는 자들이 남긴 자국에 숨겨진 덫

칼의 향연 속 진홍빛 울화로부터

나는 열린 공간을 열망한다

나는 열린 공간을
그림자의 바다로부터 솟아오르는 해를
무한한 비전 속
하늘을 풀어놓는 눈을 열망한다

나는 열린 공간을 열망한다

나는 바라본다

나는 바라본다

낮의 강요에 저항하여
연합한 완강한 뿌리들을

화산의 장려함으로 타오르는
산의 화염을

나는 바라본다

목각 천사들의 사원에서
신 역할을 하는 사람들의 풀어지는 허리 덮개 천을

먹어대는 족장들의
낙엽처럼 떨어지는 덧없는 웃음을

나는 바라본다

바늘의 무거움,
갈라진 비전의 중력 없는 진리를

울려 퍼지는 최상의 완결된 정신,
매장된 미덕의 움트는 노래를

나는 바라본다

치장하는 토양의 거울 속
쟁기의 번쩍임을

포도의 솜씨로
완전히 취한 계절을

나는 바라본다

밤의 유산을
청구하려 되돌아 행진하는 별들을

초승달의 유흥
하늘의 희극 속 천둥의 웃음을

나는 바라본다

감동적인 바위,
돌멩이의 공감을.

비의 약속을
한가득 충족시킨* 구름들

* 한가득 충족시킨(full-fill): 완수하다(fulfill)의 말놀이.

제3상: 우리는 조각상을 불러냈다

우리는 그 조각상을

말잔치에 불러냈다

조각칼이

단단한 입 안에 혀를 만들어 두지 않았다는 것을 알기 전에 …

계절의 침묵으로부터

천둥의 검으로

바람을 살해한 고요함으로부터

우리는 그침 없는 아도코*의 목청을 빌려 온다.

우리는 떠들썩한 앵무새 부리에서

영속적인 질문을 빌려 온다

강의 모음으로부터

분투하는 계곡의 자음들로부터

* [지은이 주] 아도코(adoko): 그침 없이 노래 부르는 것으로 유명한 새.

우리는 달을 이름 짓고, 태양을 이름 짓고
우리는 말 더듬는 바다에게 유창한 재잘거림을 약속한다

지나가지만 결코 떠나지 않는 계절로부터
나는 바람을 형상화하려 달빛을 빌려 온다.

제14상: 달 주문

(징)

달은 달은 하늘의 눈, 끈기 있는 황혼의
귀, 아련히 드러나 보이는 계절의 젖;
달은 무한한 구름의
시계 속 째깍대는 천둥.

달은 달은 비의 어금니,
먼지의 인대, 이슬의 식욕;
달은 활기찬 계절의 용광로 속
자기 허리를 잘록하게 하는 모래시계

달은 달은 산의 대퇴골;
계곡의 허리, 호수의 자궁;
달은 뱀 같은 도로의 남근
달은 달은 제비의

식도, 앵무새 꼬리의 방화(放火),

두리번거리는 올빼미 눈의 우주; 달은

씰룩거리는 강의 이두박근

(피리)

달은 달은 달러화의 아성(牙城),

파운드화의 납빛 어투, 엔화의 외침;

달은 몽둥이를 든 타자(打者)에 의한 무역*

달은 달은 노예 상선**의

식인적인 위장, 바다그리 엘미나 바가모요

* 타자에 의한 무역(trade by batter): 화폐를 사용하지 않고 상품이나 재화를 직접 교역
하는 물물교환이라는 의미의 barter trade의 말놀이.
** 노예 상선(slaving galleons): 15세기 스페인의 대형 범선으로 무장 상선, 16-18세기
유럽이 대항해 시대에 사용하던 배.

포트 오브 (스)페인,* 아파르트헤이트** 공룡의

크레용*** 발톱; 달은 대서양의

왁자지껄한 역사

달은 달은 폭풍의 세레나데,

깨어나는 풀잎의 일찍 피어난 칼

충실한 홍수의 흙투성이 투덜거림

달은 메말라가는 계절의

괭이 없는 굶주림.

---

* 모두 노예무역과 연관된 아프리카와 서인도제도의 무역항 혹은 도시. 바다그리(Badagry): 아프리카 나이지리아의 노예 무역항. 엘미나(Emlina): 아프리카 가나 남부의 노예 무역항. 바가모요(Bagamoyo): 인도양에 접한 동 아프리카 탄자니아의 노예 무역항. 포트-오브-스페인(Port of Spain): 서인도제도의 트리니다드 토바고의 노예 무역항. 특히 마지막 지명의 경우 "스페인"에서 "스"를 뺀 "페인"(pain)은 "고통"을 뜻함.

** 아파르트헤이트(Apartheid): 남아프리카공화국의 인종격리정책.

*** [지은이 확인] 크레용(crayon): 인종차별주의자들의 피부색에 의한 인종차별(colorism)을 상징함. 특히 이는 아파르트헤이트와 그로 인한 피부색에 따른 차별의 초석이었고 현재도 그러함.

달은 달은 무덤의 속삭임,

장터의 배꼽 속

구토하는 아수라장. 영양(羚羊)의 사바나 발굽* 속

번개; 달은 달팽이의 천년 여행 속

끈질긴 희미한 빛

(장구)**

달은 달은 전승 지식의 림프,

종족의 꼬리,*** 하지 않은

기도의 **아멘**; 달은 라마단****의 불침번 속

---

* [지은이 확인] 놀랄 만한 속도로 유명한 영양들은 나이지리아의 사바나 지역에서 흔히
발견됨.

** 장구: 나이지리아의 강간(Gangan).

*** 종족의 꼬리(tail of the tribe): "종족의 이야기"(tale of the tribe)라는 일반적인 표현
을 이용한 말놀이. 〈31쪽 첫 번째 주석 내용과 비교〉

**** 라마단(ramadan): 이슬람력의 9월 한 달 동안은 해돋이로부터 해 지기까지 단식함.

양의 마지막 꾸벅임

달은 달은 역사가의 "만약",
철학자의 "그러므로", 시인의 후두(喉頭);
달은 숲의 교향곡 속
나뭇잎의 운율.

달은 달은 돌의 우화
쇠의 서사시, 나무의 음절;
달은 물러가는 어둠의
입술 위 톡톡 튀는 노래

달은 달은 왕 없는 왕관,
상어 없는 모래톱, 송곳니 없는
화염; 달은 후음(喉音)의 덜커덕거리는 소리
사슬을 부수는 사슬을 부수는 사슬을 부수는.

(징, 피리, 장구, 쉐케레,* 큰 북 …)

* 쉐케레(shekere): 조롱박에 구슬을 둘러 만든 타악기.

기다림 …

기다

    림 …

그리고 시간은
절뚝거리며 느릿느릿 간다,
갈라진 순간들의
시대를
붕대로
감은 채

매 분
출산 앞둔 바위처럼 무겁게,
눈은 산고를 겪듯
한 세기의 깜빡임을 헤쳐 나간다

그리고 말[*]은 질주한다

사취당한 사막의

깨진 가면에 분칠하는

먼지 낀 거울 속,

무한한 하품을 헤치고

맹그로브 숲 끈기 있는

물갈퀴의 방랑을 헤치며^{**}

말은 질주한다

달의 엉치등뼈 근처

죄를 범한 추간 연골을 미끄러뜨리기 전

---

* 말(horse).

** 맹그로브(mangrove): 습지나 해안에서 많은 뿌리가 지상으로 뻗어 숲을 이루어 홍수림으로도 불림. [지은이 확인] 나이지리아에 있는 맹그로브 습지에 사는 물갈퀴를 지닌 오리와 새들을 우회적으로 지칭. 이들은 그 호수에서 끈기 있게 먹이를 찾는다.

고무 같은 끈˚처럼

늘어지는 거리를 헤치며

그러곤 도로는 간선 동맥으로 좁아들고

소나기 없는 계절의

하얘진 기다림을 진정시키는

해오라기의 꿈으로 피어난다

도로는 거리로 돌아다니고

거리는 도로로 돌아다니고

도로와 거리는 부드러이 길이 되고

비전으로 연장된다 …

* [옮긴이 제안/지은이 확인] 여기서는 원문에서의 code 즉 "끈" 혹은 "선"의 의미로 그
대로 번역함. 하지만 이 연에서는 전체적으로 등뼈의 신체 조직을 비유적으로 사용함
으로 척수(spinal cord)로도 번역 가능함.

그리고 시간은

절뚝거리며 느릿느릿 간다

4월의 소나기보다 길게

번개의 흘림체 웃음보다 길게

헐벗은 계절의 베틀 속

판야 나무의 자비보다 더 길게

긴축 공장 입구의

구불구불하고, 띄엄띄엄 이어진 대기행렬보다 더 길게!

　　우리에게 가르쳐주오

　　강의 요람을 흔드는 모래의 끈기를

　　우리에게 가르쳐주오

　　얼룩덜룩 물든 수확으로 계절을 세는 나뭇가지의 끈기를

　　우리에게 가르쳐주오

이가 없는 침묵으로 바위를 먹어치우는 비의 끈기를

우리에게 가르쳐주오
고아를 만드는 폭풍우의 분노를 길들이는 바오밥 나무의 끈기를

우리에게 가르쳐주오
도약하는 순간의 천둥소릴 가다듬는 고양이의 끈기를

우리에게 가르쳐주오, 우리에게 가르쳐주오, 우리에게 가르쳐
주오 …

기다리며 / 어린 암소를

기다리며

　　송아지의 자궁 속에서

　　자기 뿔을 고하는 어린 암소'를

기다리며

　　앞치마 모양 손가락 끝에서

　　상아색 경이로움을 분출하는 손톱을

기다리며

　　읽는 눈의 주목받는 무대에서

　　책 등이 갈라 펴지는 커다란 책을

기다리며

　　자기 가죽을 좋아하는 사슴과

* 어린 암소(heifer): 아직 새끼를 낳지 않은 3살 미만의 암소.

가죽을 벗기는 총을 껴안은 사냥꾼들을

기다리며
　　수염의 넓은 창공을 가로지르며
　　그루터기를 남긴 면도칼의 활주를

기다리며
　　목표물을 찾은 주먹*
　　원자들을 분열시키는 관용구를

　　　폭발하는 음영들 속에서

* 주먹(fists): 필적(글씨)을 뜻하기도 함.

기다리기 / 불안한 연기

기다리기
　　질문으로 가득하고, 두려움으로 가득한
　　비자 오-피스'의 불안한 연기
　　흔들리는 종이를 진홍빛 독이빨로 억제하는 도장
　　미친 남근같이
　　거만한 인장

　　좁은, 벽,
　　높은, 고압적인 흰색;
　　벽지에 걸린 관광지가
　　의아해하는 꿈을 부추긴다;
　　미래는 비자 발급자의 칙령의
　　너울거리는 안색.

* 오-피스(awe-ffice): 오피스(office)의 말놀이로 경외심(awe)이 흐르는 비자 발급 사무
실(office).

기다리기

　　비자 발급 건물 안 차가운 불평의 연대기:
　　보정된 에어컨*이 기침하며
　　의혹으로 시끄러운 방의
　　땀 빼게 하는 계산에 냉기를 내뱉는다.
　　망명자, 순례자, 뒤꿈치에 날개 단 탐험가,
　　선교사의 방랑벽 기질 속
　　가방 가득한 끈기.

　　　제복으로 갖춰 입고,
　　　머리카락 단정하고, 가르마는 엄격한, 비자 발급자는
　　　북적이는 회관을 두 번 슬쩍 엿보곤
　　　냉랭하고, 위압적인 쉭~ 소리를 내며
　　　창을 닫는다;

* [지은이 주] 에어컨(aircon)은 에어컨디셔너(air-conditioner)의 나이지리아식 준말.

북적이는 사람들은 하품으로 답하고,
공허한 눈길을 지친 시계로 보낸다.

패스포트는 포트를 패스하는 것*
대서양은 한없이 넓은 철조망 벽
창문은 허용치 않고, 문은 귀먹게 하는
                                       강철
열쇠는, 푸른 용이 살던 시절,
한없는 물속에 떨어져
결국 상어의 아량 없는 뱃속으로
사라졌다.

패스포트는 포트를 패스하는 것
할 수 있는 자들이여 계속 두드리라;

* 여권(패스포트, passport)의 말놀이: 항구/공항(포트, port)을 지나가는(패스 pass) 것.

대서양은 귀먹게 하는

             강철

문을 갑자기 움직이게 한다

그리고 심문하는 창구

그리고 내키지 않는 좌석

그리고 캐어묻는 작은 신들 같은

냉정하고 약삭빠른 관리들

그리고 쉿소리 나는 "안돼요!"

그리고 신속한 암호

그리고 본국으로 송환된 꿈

그리고 날개 없는 공상

그리고 어두워진 정오 …

그대 할 수 있는 한 계속 두드리라;

북적이는 비자 발급 방 속

분침은 납처럼 묵직한 속도로 터벅터벅 걸어간다.

기다리며 / 달의 계단에서

기다리며

　떨어지는 섬광의

　속도에 스며들어, 그 소용돌이에서 뜯겨져 나온

　꾀까다로운 혜성들의 은하

　위 아래로 뻐걱거리는

　달의 계단에서

　나의 음보(音步)는 열화 같은 하늘의 음색을 안다

　그곳에선 여전히 바람의 활력으로

　넘쳐나는 노래들이

　속담을 구워내는

　용광로에서 자기네 사지를 말리고 있다.

　나의 노래는

　비탄을 넘어선, 장벽을 넘어선

　인쇄된 물

마루*를 갈망하는

외딴 섬의 상형 문자를 넘어선 공간

* [지은이 확인] 복합은유. 인쇄된(printed): 상형 문자를 담은 파피루스의 물결 모양으로
굽이치는 선과 관련됨.

(1월 10일에)[*]

여전히 기다리며
흉터를 기다리는 상처처럼
가만히 기다리는 맹그로브 숲의 물을
헤쳐 가는 황새치^{**}처럼 누런 해골을 비집어 여는
수술 칼의 잔인한 친절함을.

신경은 잠자리에 들었다;
에테르로 마취시키는 밤의 흔들림 속에서 완전히 의식을 잃은 채,
이곳의 달은 잊을 수 없이
하얗고, 새하얀 천장;

---

* 1987년 1월 10일: 이바단에서 흉악범들이 오순다레를 공격하여 죽게 내버려 둔 사건이 벌어진 날이다. 이는 시인에게 트라우마로 남은 사건으로, 병상에서 의식을 회복하며 당시의 경험을 기록한 시를 담은 시집이 『달 노래』(Moonsongs)다. [지은이 확인] 이들은 누구인지 밝혀지지 않았으며, 결코 기소되지도 않았다. 이들의 공격은 시인이 다양한 매체를 통해 나이지리아의 살인적인 독재 정권을 비판한 것과 무관하지 않으리라는 정도로만 알려져 있음.

** [지은이 확인] 황새치는 맹그로브 습지의 물에서 춤을 추고, 가만히 (기다리는) 물을 휘젓는다.

노려보는 벽의

깜박이지 않는 소켓 속에 간직된 빛;

이곳엔 나무가 없다;

칼잡이의 초록색 옷은 붉게 피로 물들일 칼질을 숨어 기다린다

모든 세상은 화폭,

진홍빛 바다의 섬,

견습 화가들의 자제 (안) 된 첨벙거림

나는 섬뜩한 것을 보았다, 불을 보았다

나는 거짓의 진실을 보았다

나는 피 흘리는 계절의 폭풍우로 붉게 물든 채

2년 차 과학 시간의

불운한 두꺼비처럼,

탁자에 놓여, 꿰매어진 해오라기 …

면밀하게 탐사하는 칼들의 자줏빛 울음소리에서

나는, 또한, 목초지를 목격했다.

니제르[*]의 순수함 / 기다리는

니제르의 순수함

사백년 세월동안

뱃머리의 증거를

기다리고, 기다리는,

어슴푸레한 노의 불손한 탐색을

기다리는

이국적인 어투의 침탈하는 울림소리를

기다리는

노예 문서 두루마리, 계산된 반역의 상형문자를

기다리는

얼굴없이이름없이얼굴없이-없이

기다리는

숙련된 독으로 산을 고갈시키는 대서양을

기다리는

* 니제르(the Niger): 서아프리카를 통해 기니 만으로 들어가는 강.

해안가, 굽이치는 꿈의 삼각주로

달팽이처럼 느릿느릿 기어가는 역사를

기다리는

바위가 강을 성가시게 휘저어 흐리게 하고 정복하는 배가

안개로 몽롱한 노기의 어수선함 속에서 모래 바닥을 탐색하는 그곳

부사*의 기포(氣泡)를

기다리는

나일은 알고, 림포포**는 서성이고,

킬리만자로***는 얼음 같은 기억 속에 구전 설화를 보전한다

* 부사(Bussa): 나이지리아 보루구 주의 수도로 니제르에서 가장 멀리까지 항해할 수 있는 지점. 18세기 말 19세기 초 스코틀랜드 출신의 서아프리카 탐험가 먼고 파크(Mungo Park)가 니제르의 수로를 따라 탐험함. 19세기 후반기에는 대영제국과 프랑스가 소유권을 놓고 분쟁. 1915년에 발발한 부사 반란(Bussa Rebellion)은 영국의 간접 통치에 대한 저항 운동.

** 림포포(the Limpopo): 아프리카 남부, 남아프리카공화국에서 모잠비크 남쪽을 흘러 인도양에 들어가는 강.

*** 킬리만자로(Kilimanjaro): 탄자니아에 있는 아프리카의 최고봉.

기다리며

하지만 질주하는 늑대의 먹이인 알을 낳는
암탉은 얼마나 오래 기다릴 수 있을까?

샤프빌*에게 물어보라
랑가**에게 물어보라

---

* 샤프빌(Sharpeville): 남아프리카 트란스발 주 요하네스버그 남쪽에 있는 지역. 샤프
빌 학살(the Sharpeville Massacre)은 1960년 3월 21일 샤프빌에서 발생한 아파르트헤이
트 체제 폐지, 인종 차별 반대, 민주화를 외치는 학생과 흑인들을 학살한 사건. 백인 정
부가 흑인들을 감시하기 위해 새로 제정한 통행 법 폐지를 요구(anti-pass campaign)하
는 흑인들의 시위가 벌어진다. 통행 법은 모든 흑인들이 신원을 증명하는 신분증을 지
니고 다니도록 한 인종차별 법이었다. 경찰이 갑자기 시위대를 향해 무차별 총격을 가
했다. 이날 하루 흑인 67명이 총에 맞아 숨졌다.

** 랑가(Langa): 남아프리카공화국 케이프타운 교외지역. 1927년 만들어진 지역으로
인종차별법 이전에 아프리카 흑인을 위해 고안된 지역. 케이프타운 교외 지역 중 가장
오래된 곳으로 인종차별법에 저항하는 곳이었으며, 샤프빌 학살이 일어난 같은 날에
다수의 사상자가 났던 곳.

소웨토*에게 물어보라

초록 무덤들이 물음표처럼 모여 있는 그곳에게

스티브**에게 물어보라
월터***에게 물어보라
넬슨****에게 물어보라

* 소웨토(Soweto): 남아프리카공화국 가우텡 주의 요하네스버그 내의 도시권 D구역으로 흑인 거주지역. 소웨토 항쟁(Soweto uprising)은 1976년 6월 16일 남아프리카공화국의 학생들이 벌인 대규모 시위이다. 원인은 학교 수업의 절반을 아프리칸스어로 진행해야 한다는 정부의 방침이었다. 경찰의 강압적인 진압 때문에 150여 명이 사망했고 그중의 다수는 어린 학생들이었다.

** 스티브 비코(Steve Biko, 1946-1977): 1960-70년대 남아프리카공화국의 반인종차별정책 활동가로, 흑인의식운동(Black Consciousness Movement)을 조직하여 저항했다.

*** [지은이 확인] 월터 로드니(Walter Rodney 1942-1980): 가이아나 역사가, 학자, 정치 활동가로 1980년에 암살당했으며, 『유럽은 어떻게 아프리카를 저개발 상태로 만들었는가』(How Europe Underdeveloped Africa, 1972)의 지은이로 잘 알려져 있다.

**** 넬슨 만델라(Nelson Mandela, 1918-2013): 남아프리카공화국의 반-인종차별정책 활동가이며 아프리카민족회의의 지도자였으며, 평등 선거 실시 후 최초의 흑인 대통령.

기다리는 순간에 쏜살같은 계절의 원동력을 뿌린 그들에게

물어보라
　　우리 힘의 은유를

물어보라
　　우리 은유의 힘을

물어보라
　　로빙 섬*의 부서지고 있는, 부서진 돌들을
　　대양의 물이 유황인 그곳
　　갈라진 틈마다
　　아픈 방벽이 용을 품은 그곳

---

* 로빙 섬(Robbing Island): 케이프타운 서쪽에 있는 섬으로 만델라를 포함한 반-인종차
별주의 활동가들이 투옥된 감옥으로 유명한 로벤 섬(Robben Island)의 말놀이.

물어보라

　　상처 입은 오두막 부락*의 입술 위 피 흘리는 노래를

물어보라

　　굽이치는 깃발 위 얼룩진 그 대담함을

　　기다리는 독수리, 상카라**가 누워 있는 무덤처럼

얼룩진

　　바람이 불어오는 쪽을 향한 비숍***의 꿈처럼

* 오두막 부락(kraal): 울타리에 에워싸인, 전통적인 아프리카식 오두막으로 구성된 마을.

** 상카라(Thomas Sankara 1949-1987): 부르키나파소의 군사지도자, 마르크스주의 혁명가, 범아프리카주의 이론가로 1983년부터 1987년까지 부르키나파소 대통령으로 재임. "아프리카의 체 게바라"라고 불리기도 함.

*** 비숍(Maurice Rupert Bishop, 19441983): 서인도 제도 그레나다의 마르크스-레닌주의 혁명가이자 1973년 복지, 교육 해방을 위한 새로운 협동(New Joint Endeavor for Welfare, Education, and Liberation: New JEWEL Movement)의 지도자.

얼룩진

　　통찰력 있는 로드니*의 역사처럼

얼룩진

물어보라:

　　넬슨의 망치** 아래 돌은 빵

　　충실한 날개를 지닌 강

　　자스민 숨결을 지닌 바람;

---

* 월터 로드니(Walter Rodney): 〈89쪽 세 번째 주석 참조〉

** 넬슨 만델라. 〈89쪽 네 번째 주석 참조〉. 만델라와 아프리카 민족회의(African National Congress) 동지들이 로벤 섬 감옥에 도착하자, 교도관이 이곳은 너희들이 죽을 곳이라고 말했고, 작은 독방에 갇힌 채 그 어떤 읽을거리도 주어지지 않았다. 그들은 망치로 돌을 자갈로 만들고 눈을 뜰 수 없을 정도로 밝은 채석장에서 석회석을 캐냈다. 이와 관련하여, 넬슨 만델라는 연설문에서 "단결된 대중 운동의 모루와 무장 투쟁의 망치 사이에서 우리는 인종격리정책과 백인 소수의 백인 인종차별적 규칙을 분쇄해버릴 수 있다"고 했다.

물어보라

　　돌은

　　물고기 떼의 눈들을 다 셀 수가 없는 대양*

기다리며

　　일 년 사백 일을

　　고아로 만드는 구덩이 속에 묻힌 깜둥이**를

　　까닭을 알 수 없는 약탈품의

* [지은이 확인] 의도적으로 "돌"과 "대양"을 병치시킨 초현실주의적 형상화. 이 대양에는 다 셀 수가 없는 물고기 떼가 있음.

** 깜둥이(kaffir): 흑인을 지칭하는 인종차별적인 말로 "니그로"와 동일한 표현. 남아프리카 지역에서는 반투족에 대한 이름으로 사용되었고, 인종차별정책이 시작되면서 인종적으로 모욕적인 표현으로 사용됨.

다이아몬드 빛나는 현란함에 걸려든 보어인들*을

시간은 다양한 속도로 느릿느릿 걷는다 …

* 보어인(the Boer): 아프리카너(Afrikaner)라고도 함. 남아프리카 지역으로 이주하여 정착한 네덜란드계 사람들과 그 후손. 트렌스발 공화국(현재의 남아프리카공화국)은 전략적 요충지일 뿐 아니라 풍부한 금과 다이아몬드 광산이 위치하고 있다. 1900년에는 트란스발의 금 매장지대인 랜드는 세계 금 공급의 25%를 생산하고 있었다. 이러한 금광 붐에 따라 새로운 영국 이주민이 몰려들었음. 보어전쟁 당시 보어인들은 흑인들을 전쟁에 이용했으며, 영국군은 흑인들의 본거지를 말살하여 보어인들의 활동근거지를 없애고자 하였다. 이러한 흑인들의 전쟁피해는 제1차 세계대전 때에도 일어나, 독일군과 영국군 모두 식민지내 흑인들을 전쟁에 강제로 이용하였다. 보어전쟁(Boer War, Anglo Boer War) 또는 앵글로 보어전쟁은 아프리카에서 종단 정책을 추진하던 영국 제국과 당시 남아프리카지역에 정착해 살던 네덜란드계 보어족 사이에 일어난 전쟁. 1차 보어전쟁(1880-1881) 2차 보어전쟁(1899-1902)

오케레부 케레부[*]

오케레부 케레부
케레부 케레부

그리고 뱀이 두꺼비에게 말한다;
"나는 족히 일주일 동안
한 끼도 못 먹었어;
그래서 내 위가
네 육즙 흐르는 고기를 갈구해"

"내가 산이 된다면?"
두꺼비가 묻는다,

"내 배의 골짜기 속에서

---

* 오케레부 케레부(Òkerebúkerebú)는 "정녕 놀랍구나"(wonder of wonders)를 뜻한다고
함. [지은이 확인] 하지만 지은이는 이를 소리가 수행하는 음악적 효과를 위해 사용했지
특정한 의미를 나타내기 위해 사용한 것은 아니라고 함.

너를 평평하게 만들지"

"내가 강이 된다면?"

"내 입의 수로를 통해
네가 술술 흐르겠지"

"내가 네가 좋아하는
한 아이가 된다면?"

"내가 이 세상의
모든 모성애로
너를 먹겠지"

그러자 두꺼비는 바위가 되고
뱀은 맛있게 재빨리

그 바위를 삼켜버렸다

아! 아라몬다!*
그 입은 위의 방앗간으로
너무 딱딱한 것을 삼켜버렸다

오케레부 케레부
케레부 케레부

우리의 이야기는
신랑처럼 가꾼 귀의 민첩한 공상을
기다리는 신부.

* [지은이 주] 아라몬다(àràmòndà): 정녕 놀랍구나! (wonder of wonders)

기다리고 / 여전히 기다리니

기다리고
여전히 기다리니

우리에게 주오

사자의 발톱은 물려받지 않고
사자를 절룩거리게 만드는 양의 용기를

깨어지는 껍질의 골고다에서
자기 신전을 굳히는 알의 대담성을

모진 산의 음모 위로
물마루를 내던지는 심연의 용맹을

깃털 미소 속에 숨은 단검을
알아채는 계절의 지혜를

우리에게 주오

하늘의 깊이, 바다의 높이
삐걱대는 사실들의 뼈에 살을 붙이는 공상을

사랑의 수고가 헛되지 않은 저녁
모든 산마루의 하늘에 머무는 달을.

나는 이 말을 따온다

나는 바람의 웃음에서 이 말들을 따온다:
몬순*의 천년 수수께끼 그 막힘없이 흐르는 숨결,

쉼 없는 별들의 예절로 정중한 산들바람 경쾌한 밤
하마탄** 부는 동틀 녘의 속속 스며드는 공감.

손쉬운 살육의 밤들의 다국어적 허리케인에서
기다리는 순간들은 자줏빛 평화의 깃발을 증류해낸다

클로로포름으로 마취된 공상의 계절의 탈주하는 잠에서
기다리는 순간들은 방심하지 않는 지혜의 파수꾼을 양조해낸다

* 몬순(Monsoon): 대륙과 대양의 기온 및 기압 차로 인해 발생하는 계절풍의 일종으로, 시기에 따라 대량의 강수를 동반함.
** 하마탄(harmattan): 아프리카 내륙에서 대서양 연안 쪽으로 11월부터 3월에 걸쳐 부는 건조한 열풍.

이름 없는 기다림의 이 수많은 세월 동안
뒤꿈치가 코끼리같이 그토록 거대하게 자랐으니 …

칼의 이름을 아는 칼집
지나치는 달의 발자국 냄새를 맡는 하늘

숨겨진 입술의 이름을 아는
웃음.

이 수많은 계절 동안 우리의 웃음은
자기 멍에를 숭배하는 소의 선웃음 띈 슬픔,

자연적이지 않는 가뭄의 시대에 터져 나온
공허한 천둥의 이빨 없는 너털웃음
계절은 다른 웃음의 노래를 청한다

신성화된 껍데기의
깨지기 쉬운 폭정을 깨뜨리는 새로운 병아리들

득의양양한 하늘의 번쩍이는 얼굴 속,
치켜든, 백만의 주먹들

고집스런 관목 숲의 자극하는 그림자 속
기다리고, 기다리는 마체테

시간으로 단련되어,
막 터지려는, 들끓음.

아프리카의 기억

나는 이페*의 올루옌예투예 청동상에 관해 묻는다
　　　달이 말하길, 그건 본**에 있단다

나는 베닌***의 오기디그보닝보인 가면에 관해 묻는다
　　　달이 말하길, 그건 런던에 있단다

나는 아샨티****의 딩코와 걸상에 관해 묻는다
　　　달이 말하길, 그건 파리에 있단다

나는 짐바브웨*****의 토곤고레와 흉상에 관해 묻는다

* 이페(Ife): 나이지리아 남서부에 위치한 오순 주의 도시.

** 본(Bonn): 독일의 노르트라인베스트팔렌주에 있는 도시.

*** 베닌(Benin): 나이지리아 남부에 위치한 도시로, 에도 주의 주도이며 베닌 강에 접해있음.

**** 아샨티족(Ashanti): 가나 남부 지역과 토고, 코트디부아르에 사는 부족.

***** 짐바브웨(Zimbabwe): 아프리카 남부 잠베지 강과 림포포 강 사이에 있는 내륙국.

달이 말하길, 그건 뉴욕에 있단다

나는 묻는다
나는 묻는다
나는 아프리카의 기억에 관해 묻는다
계절이 말하길, 그건 바람에 흩날리고 있단다

*　　*　　*

곱사등이는 곱사등을 감출 수 없다

어느 한 지도의 희생자*

나, 또한,

자기 땅을 잊은

어느 지도의

희생자:

유령 산들

그리고

이름 없는 강들;

한때 동쪽으로

해가 진 어느 제국

피 흘리는 창(槍)의 산 제물

* 오순다레가 팔레스타인 시인 마흐무드 다르위시(Mahmoud Darwish)를 염두에 두고 쓴 시. 그는 자신의 시집 『중년』(*Midlife*, 1993)에서도 "다르위시, 어느 한 지도의 희생자"(Darwish, victim of a map)라고 표현함(45).

피부 노래(2)

내 피부는

대지의 색채

꽃의 품 속

비의 냄새;

먼 산의 발자국 소리를

메아리치게 하는 강

　　　나는 밤의 뒤를 잇는

　　　새벽

나는 그대 갈비뼈의

웃음 속

백만 슬픔의

물마루를 타는

너털웃음의 기운 속에서 살아간다

나는 내 손의 어둠 속에
그대의 눈물을 모으고
한 세기 웃음 짓는 뿌리에
물을 대는
강은 분출한다

역사의 종말

해 뜨는 초년의 도시에서
옛 진리들이 무너져 내린다;
뿌연 폭죽 속에서
혐오스런 벽이 해체된다 ─
그리고 모여드는 그림자들

옛 진리들이 무너진다 ─
보다 새로운 **진리들**의 배양토 위에

해 지는 만년의 권위자들은
자신들이 산에 올라가
안개 낀 계곡의 후미에 있는
역사의 무덤을 보았노라 선언한다

권위자들은
태양이 사지 없이 하늘을 가로지르는 여행을

갑자기 그만 두었노라고 말한다

오늘 나는 **역사**의 얼굴을 똑바로 쳐다본다,
그/그녀의 이마는
무궁무진한 수수께끼를 담은 팽팽한 막

오늘 나는 **역사**의
얼굴을 똑바로 쳐다본다
그리고 이야기 속 그 아이를 기억한다

코끼리 꼬리를 만지고선
숲의 거대한 존재에 관한
모든 것을 보았노라고 맹세하던 그 아이를.

싱그러운 기억

기억은, 또한,
숲의 회랑 속
개미들의 발자국,
첫 비에 뒤이은
날개 달린 흰개미의 찰나적인 신바람
견과의 계절을 맞은 지역에 사는
다람쥐의 파리-쫓는 꼬리

기억은
일월 이슬의
꿰뚫는 촉각
귀환하는 독수리의 어스레해진 솜털 …

오늘 나무와 악수하라
강의 기억을 공유하라

(아카우에게)*

어떤 나날들은
심장(心腸)의 비밀스런 성향을 안다

그들의 심방(心房)은
가장 친절한 이슬이 뿌려진 드넓은 점토

그들의 음악은 모든 맥박(脈搏)
그들 입술의 정원에서 미소가 자라난다

그들의 인사 속에 은총이 있고
그들의 축복 속에 지복이 있다

자비로운 달은

---

* 『나날들』(Days, 2007)의 2부 "어떤 나날들"의 23번 시. [지은이 확인] 아카우(Akawu)는
시인의 제자이자 지금은 소중한 친구로서, 현재 나이지리아의 시인이며 교수.

그들의 밤 한 가운데 앉아 있고

그들의 시간은
너그러운 해의 그림자 속에서 무르익는다

그들이 지나갈 때면
집은 문을 열어젖히고

꽃들은 진귀한 향기로
그들에게 드리운다

그들에게 다정함은 반역이 아니고
동정심은 제약이 아니다

어떤 나날들은
부드러움에 알레르기 반응을 일으키지 않는다

어떤 나날들은

인간다워지는 것을 두려워하지 않는다

식량의 날

나는 뒤뜰 정원과 먼 바다에서 온
양념 한 숟가락으로 그날에 간을 하리라
나의 간절한 혀는 쌀 특유의 말씨와
풍성한 나무 위 과실의 신바람을 안다

동이 트고 나는 빵을 나눈다
그 촉촉하고, 감미로운 마법은 나의 특별한 대접
그 갈색의 기쁨, 그 지혜와 밀과 함께
맛있는 명줄로 삶을 한데 모은다

정오에 나는 크고 바삭하고 아주 부드러운
예쁜 얌*을 청한다
내 심장을 영원히 젊게 회복시키는
맛좋은 스튜와 양 다리 고기와 함께

* 얌(yam): 참마로 열대 뿌리채소의 하나.

그날 집에서 가장 분주한 방은

분명 산해진미 가득한 부엌

고양이의 날

오늘 하늘의 서까래에서
뛰어내린
고양이 한 마리, 다이아몬드 눈을 한 채

밤을 무서워하지 않는다
구름으로 분 바른 발톱
시(時)의 꼬투리 속에 남은

모든 씨앗을 도리깨질하는
분(分)이 요 속에 넣은
목화솜처럼 부드러운 갈기

기억의 정원 속 고양이 모양 꽃들
무리 진 향내가
코 어귀를 항해한다

(나는 냄새 맡는다, 고로, 나는 안다)

날렵한 날
화난 발톱처럼 허기진 채
분(分)은 길거리를 어슬렁거린다

부주의한 쥐들처럼
오 고양이의 날,
쥐들의 갈비뼈는 아껴두라.

4월 22일[*]

(어떤 언어로든, 『지구의 음악』 반주에 맞춰)

매일은 지구의 것
지구는 매일의 것

하지만 오늘은
종과 징의 날
장엄한 각성의 날
그리고 약초 앞에 나타난 상처의 날

부상당한 나무들이 숲에서 피 흘린다
린치당한 호수들이 산패(酸敗)한 물약처럼 엉긴다
중독된 바다는
백만 어귀 가장자리에서 거품을 일으킨다

* 매년 4월 22일은 세계 지구의 날(Earth Day).

누가 어찌 잊으랴

강이 불타고

산이 불운한 케이크 더미같이

으스러진 날을

누런 비, 심홍색 이슬,

푹푹 찌는 겨울, 꽝꽝 어는 여름

구멍 난 하늘은 가늘어가는 강 유역으로

붉은 눈물을 누출한다

열대의 광기가 거리를 발가벗긴다

새로 태어난 아이들은 머리가 둘이라

요람을 놀라게 한다. 비정한 **과학이**

되로 주면; 우리가 어떻게 말로 받는지를 보라

은빛 잎을 한 꽃들은

낙원의 날개를 단 새들은
산 속 샘의 숨결처럼 깨끗한 공기는
인간 피부의 언어를 말하는 티끌*은 어디에 있는가?

이 날은 우리에게 역설한다

개구리를 연못으로
이슬을 풀밭으로
인간을 그의 마음으로
지구를 그 미래로 복원하라고

* 원문: Dust which speaks the language of the human skin. [지은이 확인] 인간 피부
에 호의적인 티끌(둘 다 모두 자연과 땅에 가까움). [옮긴이 추가] 티끌이 될 육체 혹은 인간.

나는 요일들이 부럽다

나는 요일들이 부럽다
그네들의 정중한 질서 때문에

나는 월요일이
일요일에 대해 나쁘게 말하는 소리를 들어본 적이 없다

목요일은 수요일이 재 항아리*를 지녔다고
투덜대는 소리를 들어본 적이 없다

일요일은 결코 토요일이 방탕하다고
비난하지 않는다

금요일은 화요일이 아무것도 없는 먼 곳에 있다고
단 한 번도 조롱하지 않는다

* 재 항아리(urn of ashes): 사순절의 첫날을 의미하는 재의 수요일(Ash Wednesday) 혹은 성회 수요일을 염두에 둔 표현.

하루하루는 그 나름의 영역을 지니고
그 경계를 알고 있다

그 어느 하루도 자기 시간을
결코 확장하려 하지 않았다

어느 하루도 이웃의 정원에
결코 자기 깃발을 꽂지 않았다

어느 하루도 질투하는 신의 신화로
결코 세상을 들볶지 않는다.

그 호수가 내 집으로 왔다*

그 모든 일은 잎사귀들 사이의 속삭임으로
시작됐다. 나무의 뒤엉킨 이야기
그리고 바람의 방자한 서사

그리곤, 짓밟는 비의 발굽
핏 팻 핏 팻 빙 뱅 빙
몸서리치는 내 지붕, 부상당한 내 집

틀어져 너풀거리는 지붕널
풀어져 떨어져나간 서까래
그리고 바람은 내 거실에

웅덩이를 떨궈놓았다. 하늘은
시달린 황소처럼 우르릉거렸다;

* 폰차트레인 호수(Lake Pontchartrain): 루이지애나 주 뉴올리언스의 북부 경계에 있는 호수.
2005년 8월 허리케인 카트리나로 제방 시설 등이 무너져 뉴올리언스 시 대부분이 물에 잠김.

번개는 어두워지는 구름을 통해

갈지자로 쳐댔다. 바람에 이끌리고,
토네이도에 들볶이며, 그 호수는
울타리를 넘어 무심한 거리에

첩첩 쌓인 분노를 퍼부었다.
(경솔하게 쌓은) 제방은
운 없는 흙더미처럼 무너졌다

　　　도로들은 자기네 이름을 잃었고,
　　　거리들은 자기네 기억을 잃었다

격하게 흐르는 고통이 도시를 사로잡았다
그날 그 호수가 내 거리까지 내려와
내 집을 쓸어 가버렸다.

그 도시가

있다
8피트
수면 밑에

사람들이
있다
수 마일 수 마일
정부의 관심사 밑에

긴급구조 전화

911 911[*]
호수 물이
막 현관 아래까지 차들어 와요

*그럼, 진행 과정을
철저히 막아 보세요*

911 911
호수 물이
막 문까지 차들어 와요

*그럼, 물 샐 틈 없이
문을 꽉 닫아 보세요*

* 한국의 119에 해당하는 미국의 긴급구조 전화번호.

911 911
호수 물이
유리창을 통해 들어오고 있어요

　　　그럼, 창 덧문을 내려 닫고
　　　창 가리개를 풀어 내려보세요

911 911
지붕이 찢어져요
천장이 무너져 내려요

　　　그럼, 별을 쳐다보세요
　　　하늘은 안전지대입니다

911 911
물이 거실

9피트까지 차올라요

그럼, 지느러미를 펴서
상어처럼 헤엄쳐보세요

911 911
다락방에 갇혔어요
물이 계속 올라와요

그럼, 지붕 위로 올라가서
헬리콥터 구조대를 기다려보세요

911 911
하지만 지금 새벽 두 시예요
지옥처럼 어두워요

그럼, 성 천사들에게 기도해보세요
그들이 날개와 불 마차를 보내줄 거예요

　　　푸 푸 푸
정적 …

　　　.

재난지관광업

지금 조심하세요,
관광객 여러분

여러분들의 발바닥 아래
곤두선 뼈를 주의하세요

무덤덤한 정부가
무디게도 눈이 멀어 날카로워진

주변의 쇳조각들도 주의하세요,
뒤끓는 남부의

빈민 제국처럼
일어나서 기울다가 무너져버린

짓밟힌 이야기들과

소리 죽인 꿈들을 주의하세요 …

지금 조심하세요:
대기 중 이상한 목소리들을

카메라를 풀어 내리세요
렌즈들을 풀어 놓으세요

사람 없는 도시

나무들이 죽었다
새들이 가버렸다

풀이 검게 탔다
벌레들이 사라졌다

뼈 앙상한 집들이
깨진 유리창을 통해 하늘을 응시한다

거리들은
썩은 것들과 돌무더기 흐르는 골고다

마스크 쓴 장의사들은
관이 부족하다 한탄하며 길거리를 누비고 다닌다

장식적인 미사여구에 마피아식 색안경을 낀

고약한 투기꾼들과 별다를 것 없이

잃어버린 작은 길
폭격당한 큰 길

황혼의 하늘에서
선봉에 선 독수리들

내게 말해주오

벽 없는 집을
뭐라 부르는지?

사람 없는 도시를
뭐라 부르는지?

어느 예고된 재난의

이 부주의한 결과

내가 상관할 바 아니지*

어느 날 아침 그들은 아카니**를 붙잡아
두들겨 패서 찰흙처럼 부드럽게 만들어
대기하던 지프차
뱃속에 처넣었다

　그들이 나의 음미하는 입에서
　얌을 뺏어가지 않는 한
　나와 무슨 상관인가

어느 날 밤 그들이 찾아와
구둣발로 집 전체를 깨우고
단라디***를 질질 끌어 데려가,
오랫동안 사라지게 했다

* 이 시는 나이지리아의 군부 독재자 사니 아바차(Sani Abacha, 1943-1998)의 살인적인 독재(1993-1998)를 고발하는 것.

** 아카니(Akanni): 요루바족 인물의 이름.

*** 단라디(Danladi): 하우사족 인물의 이름.

그들이 나의 음미하는 입에서

얌을 뺏어가지 않는 한

나와 무슨 상관인가

하루는 친웨*가 일하러 나갔다가

자기 일이 없어진 걸 알았다:

묻지도 않고, 예고도 없고, 조사도 없이—

흠 없는 기록 담은 말끔한 자루뿐**

그들이 나의 음미하는 입에서

얌을 뺏어가지 않는 한

나와 무슨 상관인가

그러곤 어느 저녁

* 친웨(Chinwe): 이보족 인물의 이름.
** 자루(sack): "해고"라는 의미도 있음.

내가 얌을 먹으려 자리에 앉자
문 두드리는 소리가 나의 허기진 손을 얼어붙게 했다
그 지프차가 어리둥절한 내 잔디 위에 기다리고 있었다
기다리고, 기다리고 있었다 흔히 그렇듯 묵묵히.

쓰러진 나무에 부치는 송시

한
그루
나무가
있었다

우리 집 뒤편에
활기찬 가지들과
벨벳 진초록 잎들이 달린
그 나무는
해가 지면
비가 옥수수 허리춤에 속대를 넣는
6월엔 특히
샘을 내는 하늘 향해 우뚝 솟아올랐고
나뭇가지들은
떠나가는 낮을 위해
상쾌한 세레나데를 지저귀는

한 무리의 새들로 흔들려 움직였다

한
그루
나무가
있었다

그러곤, 어느 한낮에,
분별없는 마체테가 근질거리는 칼집에서
급히 빠져나왔다:
몇 번 미친 듯 파내자
솟아올랐던 그 영광이
진창으로 무너져 내렸다

정오가 지난 그날 저녁
시들어가는 정적이 우리 집을 조여왔다:

그 새들이 날아 가버렸다

농부로 태어나

농부로 태어나 소작농으로 자란
나는 고랑에서 고랑으로 들떠 다니며
태동하는 땅의 자궁 속
발길질하는 덩이줄기를 두드려 살펴보았고
즙 많은 이랑의
멜론 젖가슴들을 어루만졌다.

농부로 태어나 소작농으로 자란
나는 새벽의 지도 위
지렁이의 복잡한 길을 따라다녔고
고지대 농장에 찾아올 이슬에 주의를 기울이고
해가 보낸, 허기진 한낮에
이로코 나무* 은신처를 찾았다

* 이로코 나무(iroko): 수명이 아주 긴 서-아프리카산 나무로, 정령이 깃들여 있다고 믿기도 함.

농부로 태어나 소작농으로 자란
나는 갓 벌채된
숲의 향기를 맡고 살았고
맛있게 조화를 이룬
아키 열매의 색을 음미했고
익어가는 포포나무에
매달려 흔들리는 약속을 땄다.

농부로 태어나 소작농으로 자란
나는 버섯 밀림의
두툼한 우산을 흔들어 울리게 했고
낙엽으로 된 퇴비 융단을 바스락거리게 했고
열리는 꼬투리의
소란스런 노랫가락을 만끽했다

농부로 태어나 소작농으로 자라고

교실로 피를 흘린*
나는 부엌문들을 활짝 열어젖히고
허기에게 앉아 있으라 청했다,
내 위(胃)는 캐롤라이나산 쌀을 달라
울부짖는 퇴적장.

* [지은이 확인] 교실로 피를 흘린(classroom-bled): 식민지 교육으로 인해 상처를 입은.

약탈이 아닌, 경작을 위한 우리의 땅

땅은 약탈이 아닌 경작을 위한 우리의 땅
호미는 그녀의 이발사
파종기는 그녀의 보조개

곡괭이와 마체테를 가지고 나가라
조롱박 쟁반과 흔들 바구니를 가져오라
흙뿌리를 솟아오르게 하는 땀이
엄청 싸인 덩이줄기의 짐을 덜게 하라

밀밭이 빵으로 풍성한 손들을 들어*
익어가는 해를 향하게 하라
콩들이 떨고 있는 언덕의
드러난 가슴을 덮게 하라
포포나무가 머리로 향하는 젖을

---

* [지은이 확인] 빵으로 풍성한 혹은 빵처럼 생긴 손들(breadsome hands): "빵"(bread)과 "멋진" 혹은 "후한/푸짐한"(handsome)의 말놀이.

부풀려 흔들게 하라

심연을 알 수 없는 땅의 샘에서
물이 솟아오르게 하라
깊어 볼 수 없는 그녀의 광산에서
금이 쏟아져 나오게 하라
날쌔게 비켜가는 하늘에 사다리를 올려 걸어라
매일 밤 해를 들여놓자

우리의 땅은 열리지 않은 곡간
어느 머나먼, 미지의 밀림 속 북적대는 곳간
불만투성이 거친 먼지 속 아련한 보석

이 땅은
　　　소모가 아닌 노동을 위한 우리의 땅
　　　불구가 아닌 인간을 위한 우리의 땅
이 땅은 약탈이 아닌 경작을 위한 우리의 땅.

첫 비

첫 비가 도도한 티끌의 날개를
막 잘라내자
얼얼하게 싸한 기운이 코를 깨운다
땅의 증기가
군화 벗은 보병처럼 일어나자
시원케 하는 따사로움이
탐색하는 우리의 발바닥을 껴안는다

그러곤
그녀의 해방된 숨구멍을 통해
      우리의 땅은 다시금 숨을 쉰다.

우리의 땅은 죽지 않으리
(엄숙하고, 대체로 구슬픈 어조에 맞춰)

호수를

린치했다

바다를

도륙했다

산을

매질했다

하지만 우리의 땅은 죽지 않으리

이곳

저곳

모든 곳

호수가 이윤 공장 방광에서

방뇨되는 비소(砒素)로 살해되고

중독된 개울은 비틀비틀 언덕 아래로 흘러가

아픈 바다에 쿨럭쿨럭 무질서를 뱉어 낸다

울부짖는 고래는, 구운 생선처럼 죽어 뒤집힌 채,
떠나가는 바다의 으스스한 백조의 노래* 물마루를 탄다.

하지만 우리의 땅은 죽지 않으리.

호수를 린치한 자. 누구인가?
바다를 도륙한 자. 누구인가?
산을 매질한 자 도대체 누구. 누구인가?

우리의 땅은 죽지 않으리

그리고 비,
산성, 비가 벗겨지는 숲에 내린다
나뭇가지들은

* 백조의 노래(swansong): 백조가 죽을 때 부르는 마지막 노래.

폐혈증 일으키는 오염된 구름 단도에 절단된다

눈물짓는 버드나무*는 흐느끼는 영토의 눈에
수은 눈물 뚝뚝 떨어뜨리고
원자핵 태양은 장례식 풍선처럼 솟아올라
사람과 초원을 티끌과 먼지로 분열시킨다.

하지만 우리의 땅은 죽지 않으리.

물고기들이 물에서 죽어버렸다.　　물고기들이.
새들이 나무에서 죽어버렸다.　　새들이.
토끼들이 토끼 굴에서 죽어버렸다.　　토끼들이.

---

* 눈물짓는 버드나무(weeping willows): 흔히 "수양버들"이라고 번역하지만 여기서는
문맥상 "눈물짓는 버드나무"로 함. 휘늘어진 버드나무에 빗방울이 떨어져 내리면 마
치 눈물이 떨어져 내리는 듯하여 붙여진 이름.

하지만 우리의 땅은 죽지 않으리

(음악이 축제 분위기로 바뀌며, 더 커진다)

우리의 땅은 새로운 비로
씻긴 눈을 다시 보리라
서편으로 기우는 해는 새 동전처럼
눈부시게 빛나며 다시 솟아오르리라.
바람은, 풀어지며, 선율을 자아내고
나무들은 지저귀고, 풀잎들은 춤추리라;
산등성이는 풍성한 수확물로 일렁이고
평야는 풀잎과 은총의 눈을 깜박이리라.
기쁨에 찬 천둥이 하늘 문을 열어젖히고
새로운 비가
환희의 북소리 내며 쏟아져 내릴 때
바다는 실컷 들이키리라.

우리의 땅은 다시 보리라

이 땅, **우리의 땅**.

그때, 그리고 지금

나 아주 어렸을 적
나날들은 친절했고, 다달들은 온화했지

난 밤낮으로 내 손에서 숨 쉬던
흙으로 빚은 인형들을 가지고 놀았지

지금 중년의 전성기
난 아이들이 춤추며 운을 맞추는 걸 본다

발놀림은 불안정하고, 노래는 좀 어색한 채
우리의 영역 밖 자기네의 삶을 사는 걸

그들의 장난감은 타지에서 들여온 총
노략질하는 무리의 탕탕거리는 기관총

바다 건너 둥근 필름 통에 담겨온 수많은

영화에서처럼 그들을 쏘아 거꾸러뜨린다

세상은 밤의 박쥐처럼 뒤집힌 채
바로잡을 손을 기다린다

152   니이 오순다레

감미로운 순간

그리고 그대는 볼 한가득 함박미소 짓는다,
새롭고도 오랜 새벽의
안개를 뚫고 나오는 태양처럼
그대의 얼굴에서 솟아 나오는 그대의 눈,

그대의 입술은
이빨 아랫부분에서 놀고,
웃음은, 산골짜기 개울의 하늘하늘 거품 이는 노래처럼,
상쾌하게 터져 나와

보이지 않는 것들의 딱딱하고-부드러운 심연에서
잔물결처럼 번지며 메아리치고
퍼드러지는 공상들의 허벅지를 간지럽히는
막 시작된 소나기의 우화를 발견한다

그대의 눈은 그 시간들을 기억하고

메마른 순간들을 즙 많은 영원들로 펼치고선
우리의 뿌리 깊은 동경을 담은 잠베지˙처럼
깊~숙~이~ 흐르게 한다

그대는
사라진˙˙ 정원에 이름을 부여하는 향기
집의
연대기를 흥얼거리는 문 …

그러곤 그대가 말했다:
　　"우리 담장 뒤로 가요
　　　그럼 내 그대에게 보여주리니
　　　　내 배꼽 아래 있는 출생의 반점을!"

* 잠베지(Zambesi): 아프리카에서 네 번째로 긴 강으로 잠비아에서 시작하여 모잠비크
를 지나 인도양으로 흘러든다.
** [옮긴이 제안/지은이 확인] 사라진(vanished): 시집 원문의 "유약을 바른, 혹은 광택 나
는"이라는 뜻의 "varnished"는 오기.

공포의 계절, 그 시절의 사랑

나는 많은 것이 오기를 바랐다
하지만 길을 가로질러 시체들이 있었다

장군들은, 술과 피에 취한 채,
민주주의라는 적을 절망적으로 두려워하며,
쇄도하는 군중들을 향해 박격포탄을 쏟아냈다.

우리의 정오가 되어버린 혼란은 소란스럽고;
해는 밀집한 구름 뒤로 숨었다
커다란 오단 나무는 자욱한 비명과 연기

오, 얼마나 심각하게 그대의 부재가 내 심장을 발가벗겼는가!

소중한 이여, 이것들이 공포의 계절들
카키색 군복 입은 범죄자들이
다량의 어수선한 훈장으로 짓눌린 도로를 탈취했다

사복 입은 그들의 친구들은, 옷들을 나부끼면서,
알랑알랑 아첨 떨며*
독이빨들로 줄맞춰 들어가는 혀들을 행진시킨다 …

사랑하는 이여, 이런 시절에 어찌 사랑하리오—
우리의 입술 사이에 나타나는 바주카포

　　자기
　　다리
　　사이

총검으로 우리를 위협하는 그 장군—이런 시절에?

* 아첨 떨며(by a licking of boots): 자신이 사는 공동체가 존속하는 것을 인식하는 것보
다 압제자의 사상이나 감정에 아부하는 사람을 아첨꾼(bootlicker)이라고 함.

공적인 격정*

오늘 아침 우리의 한담(閑談)을 침범하며
공적인 걱정거리가 몰려들었지:

　　군사정권
　　국제통화기금
　　치솟는 물가와 침몰하는 나이라**
　　지난 총선:
　　누가 누구를 약탈했고
　　약탈당한 그(녀)는 누구였나
　　점령지 이라크의 우중충한 오두막에
　　실수로 떨어진
　　스마트 폭탄

* [지은이 확인] 공적인 격정(public passions): 사적인 격정이 정치라는 공적인 격정과 만나거나 뒤엉키는 상태라는 의미론적인 장을 형성하는 제목.
** 나이라(naira): 나이지리아 화폐.

우리의 심장박동은
인공 천둥의 금속성 울림에 압도되어 들리지 않았지

한데 그대는 우리 격정의 거리에
적막한 정적이 흐르리라 점쳤지

어느 시인의 아내에게 하는 질문들

그는 아침에 디오니소스 찬가를
　　　손에 들고 일어나는지요

그는 한참 한담을 나누다가
　　　정신이 나가버리는지요—그냥 점점 흐릿해지는지요—

당신은 그가 아직 당신 옆에 있다는 걸 확신하기 위해
　　　가끔 그를 만져봐야만 하는지요

그는 잠을 자면서도 말을 하는지요

그는 때때로 펜을 쥐고 일순간 달아나는 생각을 붙잡으려고
　　　비누칠을 한 채 욕실에서 달려 나오는지요

그는 보이지 않는 어느 영혼과 일치하여
　　　혼잣말을 하고/하거나 머리를 끄덕이는지요

그는 더없이 행복한 큰 기쁨의 순간들과
　　말없이 생각에 잠긴 기간들을 번갈아 왔다 갔다 하는지요

그는 때때로 방울뱀처럼 민첩하게 움직이는지요

그는 가장 좋은 와인을 음미하고,
　　필요할 땐, 늑대처럼 먹는지요

그는 허리케인처럼 사랑을 나누고선
　　아기처럼 당신의 젖가슴 사이로 파고드는지요

그는 낱말들로 아침 빵을 빚어내고
　　알라모*로 저녁 포도주를 증류해 내는지요

* [지은이 주] 알라모(alámò): 에키티-요루바(Ekiti-Yoruba)의 다성적이며 삽화(揷話)적인
노래.

그는 관능적인 요정들의 향기를 쫓아가는지요

그는 도시의 밀림에서
　　　황제의 지나간 흔적에 광분하는지요

그는 자기 펜을 총으로 변신시키는 듯
　　　느낀 적이 있는지요

그는 젖을 떼듯 분노를 불안에서 떼어내고
　　　운명을 목적이 되게 하는 법을 알고 있는지요

그는 꿈꾸는 법을 알고 있는지요?

모든 계절을 위한 노래
(타누르 오자이데에게)[*]

내 시대의 비는
내 귀의 지붕을 피하지 않으리라
그 달은 내 눈의 독수리를
눈부시게 하지 않으리라

나는 영원한 북의 강세에 맞춰
내 다리를 만들어 왔다:
광장은 대담한 꿈들의
호출 소리를 메아리치게 한다 …

이 눈들의 태양이
이마들의 구름에서 졌을 때
이 혀가 얼어붙은 턱의 방에서
축 늘어져 있을 때

---

* 타누르 오자이데(Tanure Ojaide, 1940-): 나이지리아 시인, 학자로 독특한 시적 양식 및 제국주의와 종교 등에 대한 비판으로 널리 알려져 있음.

기억이 내 손바닥의 책장에

이를 쓰게 하라:

그는 자기 시대를 살았고

그 시대의 운문을 쟁기질했고

그 시대의 식초를 들이켜 비웠고

그 시대의 포도주를 마셨고

그 시대의 고통을 수확했고

그 시대의 기쁨을 경작했다

그는 그 시대의 밤을 줄이고

그 시대의 낮을 늘였다

모든 입이 귀 기울이는 어느 귀에게

말하게 하라:

우리는 그의 많고 많은 가지각색의 노래 속에서

그의 시대와 다른 시대의 목소리들을 발견한다고.

무지

런던으로 가는 여정에
소는 죽어간다
그냥 내버려둬라
절인 소고기로
돌아올 테니

무지는
미신의 악덕친족*
걷어 차버리는 대신 을러 협박하는
폭정의 훈육과
결의

히틀러는 세계와 싸우려
무지로 무장했고

* 악덕친족(Kinsvice): 새로 만든 단어.

이성에 대항한
첫 전투에서 승리했고
아리안족의 우수성이란
미신을 옥좌에 앉혔다.

마침내
대학살
그러곤 불길에 휩싸인 세계

마다루는 공적 자금을 횡령하고
독일에서 주문 생산한
잘빠진 메르세데스로
길을 막는다
사람들은 그의 찬가를 부르고
그의 행운을 부러워한다

마다루는 왕관을 사서

왕이 된다

그대들이 묻는다:

어찌 모든 양들이 자기들의 왕관을

늑대에게 주기로 동의할 수 있었던 거야?

무지

모름의 아버지,

모든 주인이

자기 하인에게 원하는 것

모든 *바스*가*

자기 검둥이에게서 원하는 것

* 바스(*baas*): 남아프리카에서 사용하는 "주인"(master/supervisor)이라는 뜻의 네덜란드어, 여기서 파생된 말이 "보스"(boss).

나미비아가 말한다[*]

"남아프리카 경찰이
소웨토에서 칠백 명의 흑인을 죽인다"^{**}

　　"U.N.이 그 행동을 비난한다".

"남아프리카가 앙골라 남부를 점령하여
여자와 아이를 죽이고
곳간과 농장을 불태운다"^{***}

* 나미비아(Namibia): 1884년 독일 제국의 식민지로서 독일령 보호국이었다가, 제1차 대전 후 1920년 국제연맹이 그들의 법과 아파르트헤이트 정책을 강요했던 남아프리카공화국에 나미비아를 위임, 1960년대에 독립전쟁을 일으켜 1990년 남아공으로부터 독립.

** 소웨토(Soweto): 남아프리카공화국 요하네스버그 남서부의 흑인 거주 지역. 남아프리카공화국이 저지른 1976년 소웨토에서의 대학살.

*** 남아프리카공화국이 남아프리카 국경전쟁 시기에 나미비아를 침략하기 위해 1975년 앙골라를 대규모로 기습했던 사건.

"U.N.이 일정 부분 그 행동을 비난한다"

"남아프리카가 나미비아의
독립을 백 년 늦춘다"
(그녀는 계략으로 얻은 땅을
강압으로 지킬 것이다)

"아프리카 통일기구*는 제재를 갈망하고
서방 교-섭 단체**가
임무를 다하도록 기원한다"

* 아프리카 통일기구(OAU: Organization of African Unity) 1963년 5월 25일에 조직된 아
프리카 정부 간 조직. 2002년 7월 9일 해체.

** 서방교섭단체(Western Contact Group): 유엔 안전 보장 이사회의 5개 영구 회원 중 3
개 국가인 프랑스, 영국, 미국을 대표하고 캐나다와 서독을 포함한 그룹으로, 아파르트
헤이트 남아프리카에 의해 불법적으로 점유된 후 나미비아의 독립을 위해 국제적으로
받아들일 수 있는 전환을 가져오도록 1977년에 외교적인 노력을 기울임.

눈먼 사백 년
생명을 앗아가는 자들의
좀먹는 음모를
우리는 언제나 알아차릴까?

횡설수설 애매한 말로 인한 숱한 희생자들
미덥지 못한 죽음의 아가리로
귀먹게 하는 이 대화는 언제나 끝장날까?

오랫동안 우리는 표범들의 보살핌으로
우리의 양들을 불신했다
우리는 깨어나 수다스런 어리석음의
백골을 마주했다

이제 우린 상습적인 노예상의 손에서
자유를 구한다

죽음으로
이익을 얻은 자들에게서
우리가 어찌 삶을 구한단 말인가?

대장장이들이여, 모여들라
모여들라
림포포 강에서 볼타 강까지*
의지와 행동의
무기고를 새롭게 세우라
로켓과 박격포로
대화하는 자들을 겨냥해
말로 쏘는 것을 멈출 시간

* 림포포 강(the Limpopo): 남아프리카공화국에서 모잠비크 남쪽으로 흘러 인도양으로 흘러 들어가는 강. 볼타 강(the Volta): 서아프리카 부르키나파소에서 시작하여 가나를 지나, 기니 만으로 흘러드는 강.

우리는 사라지며 어른거리는 빛으로
우리의 비전을 파묻는
지는 해를
외면하련다
우리 자신의 손으로
우리는 죽음 상인들의 관에서
우리의 삶을 가져오련다

미국은
언제나
거부권을 행사하고
영국은
　　　기권하리라

국제통화기금

환자를
죽여서
치유하는
의사

찰리 검문소*

시달려 뒤틀린 무지개:
부서진 서사시의 모자이크

박물관 사냥광들과
사당 차릴 장의사들을 위한 채석장

이젠 먼지와 콘크리트 조각이 된
장벽, 그토록 높고 그토록 넓게 자라났던 그 장벽

하늘을 둘로 갈라놓았다:
태양이 한쪽에서 떴다, 다른 쪽에서 졌다

한쪽에선 시장의 힘이 울부짖으며 활보했다
변덕스러운 주식의 바벨탑이

* 찰리 검문소(Checkpoint Charlie): 냉전 당시 동베를린과 서베를린을 나눈 옛 "베를린 장벽"의 검문소.

다른 쪽에선 인간의 **필요**가 인간의 **탐욕**과
문화가 혼돈과, 자비가 독점과 씨름했다

그러곤, 미소 짓는 한 동무가 알을 떨어뜨렸고
세상은 산산이 부서진 조각들을 모을 수 없었다 …

여행 안내인은 자기편에서 이야기했다
그때 나는 눈을 돌려 한 소년을 쳐다보았다

　　　여행객의 달러를 벌려고 "장벽"을 팔던 소년을

"이리 와서 역사를 사세요, 와서 역사를 사세요!" 그는 또다시 외쳤다
그의 목소리는 늦은 아침의 차량들 속으로 사라져갔다.

베를린 1884/5[*]

*"이리 와서 **역사**를 사세요! 와서 **역사**를 사세요!"*^{**}

나는 내 과거를 처분한 이들을 찾으러,
수 계절 전 나의 대륙이
낯선 이국 형제들의 싸움을 끝내려고

과즙 많은 망고처럼 잘려버린 그 방을 찾으러 돌아다녔다
나는 잘린 틈을 낸 칼을 찾아보았다
얼마나 많은 왕국들이 그 칼자루를 쥐고 있었던가

그 칼날의 허장성세

---

* 베를린 회의(Berlin Conference, 1884-1885): 베를린 서아프리카 회의(Berlin West Africa Conference)라고도 함. 이는 영국, 프랑스, 독일 등의 유럽 제국들이 1870년대와 1880년대 초기에 성장 과정에 있던 자국의 산업을 위한 천연자원을 얻고 잠재적인 상품 시장도 확보하기 위해 앞을 다투어 아프리카의 영토를 얻으려고 쟁탈(Scramble for Africa)하던 과정 중 그 정점을 찍은 회의.

** [지은이 주] 무너진 베를린 장벽의 조각들을 팔면서 외쳐대는 이들로부터.

그 사람 앞에 지도를 내놓았던
주권자들의 지혜

제국의 잔혹한 오만
강과 산, 다른 민족, 다른 신, 다른 역사에 대한
소유권을 주장하던 왕들/왕비들의 잔혹한 오만

한 정복자의 깃발 아래 잠들었던 그들,
다른 정복자의 깃발 그늘 아래 일어났고
그들의 귀는 낯선 이국 언어의 음절에 맞춰 뒤틀렸다

포함(砲艦)들
공포의 영토들 …

아, 그 지도, 그 칼, 다투던 그 황제들
대륙의 영혼에 피 흘리는 이 상처들
천년의 치유를 요한다.

혐오에 부치는 송시

혐오에서 인종 학살로 가는 여정은
위험천만하게도 짧다 …

I

난 너의 이름을 안다, 오 혐오여:
기억의 서자
죽음과 차이를 사고파는 상인
원시의 간헐천처럼 끓어

올라 분출하는 역겨운 열정의 자손
불꽃 없는 불, 물 없는 호수의 창시자
천진난만한 목표물들의 무리 속
멋대로 날아다니는, 독 들이킨 말들

혐오, 너는 뱀의 영원한 푸념
자기 새끼를 게걸스레 먹어치우는 가마우지

비소를 뱉어대는 도마뱀

태곳적 용의 침울한 주둥이

도롱뇽의 응시

입술 없는 이빨, 일단(一團)의 발톱;

너의 침대는 대못 묘지

머리 받침은 전갈 베개

하지만 잠을 모르고, 휴식도 구하지 않는 너

너의 낮잠은 몰아치는 열풍, 너의 해먹은 허리케인

악(惡)이 나팔 불며 행진하는 곳 어디든

너는 그 깃발 뒤를 따르는 부대

II

때로 너는 콧수염 난 폭군

나치 십자기장처럼 **뻣뻣**하고, 치명적 이야기를 지껄이고

사악하게, 심히 미쳐

인간 해골에 담긴 피로 축배를 든다

때로 너는 십자가를 증오하고, 불태우는

두건 쓴 치명적 암살자;*

혹은 학교 문 앞에서 으르렁대며

빛의 자녀들**의 길을 가로막는 하이에나

다른 때 너는 더럽게 비늘로 덮인 부족 남/녀의 일원

다른 종족의 핏속에서 뒹굴며

아무 감각을 드러내지도 필요로 하지도 않는

* 백인 우월주의 단체인 KKK(Ku Klux Klan)가 십자가를 태우는 의식.

** 빛의 자녀들(the Children of Light): 데살로니가전서 5장 5절, "여러분은 모두 빛의
자녀들이며 낮의 자녀들이고, 우리는 밤이나 어두움에 속하지 않았습니다."

너의 꿈속 공룡

하지만 나는 거짓 순수성을 퍼뜨리는 행상인
네가 사는 곳을 묻는다:
비장, 간, 심장, 혹은 머리에
혓바닥 아래, 혹은 독수리 발톱처럼
꿰뚫는 눈에
울퉁불퉁한 산마루 위, 협곡에
쌀쌀한 황야에, 황량한 폐허에
심술궂고, 비 없는 구름들 혹은 투덜대는 바다에 … ?

나는 네 이름을 부른다, 오 혐오여,
호사로운 무덤, 가시덤불 정원
흔적 없는 비탄, 불치의 상처
너는 깊은 어둠 속 널리 자리 잡고 있다.

후끈 치밀게 하는 인간 태양의 광선을 기다리며

2부

"한국 노래"에서

신선미에게
(통·번역가)

그대는 나를 반겨줬지요
그대의 목소리에 담긴 꽃
한국의 비를 맞아 풍성하고

자줏빛 꽃잎 달린 그 꽃으로;
그리곤 내 손을 잡고
나를 이끌었지요

그대 나라 역사의
뒤엉킨 풍경을 지나며:
왕을 살해했고

왕비를 앗아갔던 침략자들;
한국의 입에 자기네 혀를
애써 넣으려던 침략자들

동족의 땅을
불균등하게 반쪽으로 갈라놓았던
잇따른 전쟁의 공포

이 상처들로 인한 상흔들
그리고 불교와 기독교 사이의
길고, 열띤 싸움 …

한데 그대는 상기되었지요
중요한 사건들을 기억하면서:
한국인 불굴의 정신

"우리에게 한글을 만들어주신
세종대왕"의

---

* [지은이 주] 근대 한글은 세종대왕 치하에 만들어진 것이라 생각됨.

학식 있는 비전

그대의 정신은
흐르는 강
길고, 울퉁불퉁한 길

황금빛 약속으로
활기찬 논의 정신
그대, 가교여

　아프리카의 음과
　아시아의 양을 이어주는

분단된 한반도

한 하늘
두 태양

한 역사
두 이야기

녹슨 다리가 땅을
불-균등하게 반쪽으로 가른다:

마르고, 비밀스런 북과
살찌고, 자신에 찬 남으로

시한 지뢰는 경계 지역을 떠돌고
띠 모양의 긴 철조망은

울타리를 넘지 못하게 한다. 다 쓴 대포가

언덕 아래 소리 없이 녹슬어 있다

늦은 오후의 대기 속에서
옛 상흔들이 벗겨져 떨어진다

이 땅은 수많은 전쟁을
보았고, 수많은 무덤을 팠고

수많은 주인들의
쇠 구둣발 아래서 떨었다 …

가을 나무 위
기억이 누렇게 물든다

무자비한 바람에
갈가리 찢긴 연처럼

한 언어

두 말

한데 기러기 한 떼

갈라진 그 틈 위에서 아우성친다

동족 사이

아찔한 비무장지대*에 놀라며

외국 열병

어디에나 있는 맥도날드의 **M**
커다란 버거킹의 **B**

중독성 짙은 코카콜라의
바다:

여기, 또한, 위장(胃臟) 제국의
이 공격적인 지배자들

쉬는 시간 학생들은
뉴욕과 로스앤젤레스를 노래한다

"영어가 서투르니 너그러이 봐주세요",
한 동료가 간청/애원한다

"당신의 유창한 한국어가

정녕 부럽습니다”: 나의 절절한 반응.

꼭대기를 십자가로 장식한 교회는 산-
꼭대기를 거만한 경건함으로 찬탈한다.

편력하는 설교자들
여기서도 성인이 되어 돌에 새겨진다

성서 지대가*
붓다의 암자에서 어찌 되고 있는지

* 성서 지대(Bible Belt): 미국 중남부에서 동남부의 여러 주에 걸쳐 있는 지역으로 사회적으로 보수적이며 근본주의적이고 복음주의적인 개신교가 사회·정치적으로 강력한 역할을 함.

스님

시간이 짓고
너그러이 느슨한
잿빛 승복

넉넉한 소매와
참회하는 몸통 사이
온유함이 거한다

우유처럼 부드럽게
겨울의 병원에 대비하여
굵은 실로 지은 외투에 싸인 채

바람에 깎인 달-머리
자기의 독신 거울에
늦은 아침 태양을 잡아둔다

그토록 감복하리니,
그대의 태연자약함
그대의 극기일지

그대의 무제한의 제한들
정념의 의회와 벌이는
그대의 절제된 논쟁

사자의 심장을 지닌 양,
염주를 타고
하늘을 향해 오르시기를.

책의 도시
(파주의 문장은
두 마침표 사이의 거리보다 더 길다)

이 도시는 결코
자기 책을

당연하게 받아들이지 않는다: 모두 다
행간에서

내실 속
즐거운 우화들을 읽어낸다

노래가 그 입구를
지키고 서 있는 동안

과학은 발에 부츠 신고 머리에 투구 쓴 채
길거리를 걸어간다

여기서 미래는
쪽 번호 매겨진 책장의 수행원들을 거느린 주인

파피루스의 옛 웃음은
점점 커지고 길어진다

펄프는 종이로 강화되고
문신을 한 책 등은

　　　책꽂이에서 번창하며 흔들린다

이 책의 왕국에서
과거는 충실한 하인이고

미래는
많은 요구를 하는 주인.

전주
(구시가지)

도시의 이 구역
집들은 고깔모자 같은
지붕을 쓰고 있다

가을 하늘
나지막한 구름 아래
가로무늬, 긴 층을 이룬
용마루

그 지붕들 아래
여행객 사진기의
번쩍이는 소동에

예로부터의 공예가 번창한다;
오랜 도구들은 감사하는 군중들의
훈훈한 칭찬으로

노화된 관절에 기름칠을 한다
여기 있구나:
대우와 삼성의 조상들이

서울 음식

우리 여주인은
바다를 그릇에 따른다:

조개들과 게들은
널찍한 모퉁이에서 풍미를 교환한다

오징어들이 놀라 헤엄치고,
요동치는 그들의 다리는

이 주체할 수 없는 허기의 집으로
손님을 맞이한다

생선 머리들은 세목들을 조사한다
(연어는 생선 떼의 주술사)

굴 껍질은 우리 이빨의 취―

약함을 조롱한다
해초들이
울타리 없는 우리의 쌀로

흠씬 채워진 반도를 가로질러
초록 장식을 펼치는 동안

우리는 나그네처럼 걸신들려
저녁밥을 게걸스레 약탈한다

하지만 바다는 갈망하는 우리의 위보다
무한히 더 크다

집으로 돌아와

나는 돌아왔다
내 노래 뒤엔
한국의 바람
결코 자기 말을 잊지 않은
어느 강의 기억들

나는 되돌아왔다,
나의 발바닥과 교감한
전주 흙의 서정시

가을 나무 위
새의 단음절(短音節) 노래
그 가늘고, 강인한 지저귐

그리고 나의 가족 둥지 뒤

라피아* 밭에 있는 위버새**의
현란한 유동성

제사의 절
예의바른 미소
이곳 무대를 관장하는
경의의 드라마*** 속 잦은 장면들

붓다의 입술 위
예로부터의 기도처럼 진실되고
대나무 다발을 빗질하는

* 라피아(raffia): 마다가스카르산(産)의 야자과 식물.

** 위버새(weaverbird): 지붕이 있는 둥우리를 만드는 기술이 뛰어난 새로 특히 아프리카 종의 경우 복잡한 방을 만들기도 함.

*** [지은이 확인] 사회·문화적 유대로 공개적으로 몸짓을 하며 반기는 모습. 특히 사람들 사이에서 서로 존중하고 존경을 표하며 반기는 인사.

바람처럼 어디에나 있는 …

전주와 서울 사이
부드러운, 잿빛 흙에서
나는 나의 아프리카 북과 장단과 잘 맞는
노래 하나 찾았다

맺으며

나는 변화를 노래한다

계속 노래하라: 어느 곳에선가, 어느 새로운 달이 뜰 때,
우리는 잠자는 것이 죽음이 아니라는 걸 배우리라,
온 세상이 가락을 바꾸는 걸 들으며.

W. B. 예이츠.

나는 노래한다
노예가 없는
아테네의 아름다움을

왕과 왕비도
독단적인 과거의
다른 유물도 없는
세상을

매서운 북부나
깊숙한 남부가 없는
지구
가림막이나
철벽이 없는
지구를

군벌과 무기고
증오와 두려움이라는 감옥의
종말을

재촉하는 비 내린 후
나무가 자라고
열매 맺는 사막을

무지에 빛을 쪼아 제거하는˙
해를
모름의 밤을 알려주는
별을

나는 새롭게 고쳐 만든 세상을 노래한다

* [지은이 확인] 방사선을 쏘아 제거하는(radiate): 무지는 무시무시한 암세포와 같아 근
절되어야 하는 것으로 여기서의 "radiate" 암세포를 죽이는 방사선과 연관된 것임.

나이지리아의 민중시인, 바다 건너 가교를 잇다

옮긴이가 2016년 1학기 대학원 '현대 영시 세미나' 수업을 준비하며 새로운 영어권 시인의 시를 찾아 여러 세계문학선집에 수록된 20세기 시를 검토하던 중 우연히 '니이 오순다레'라는 나이지리아 시인을 처음으로 만났다.

다른 무엇보다 「우리의 땅은 죽지 않으리」, 「민중은 나의 옷」이라는 시가 그냥 지나치려던 시선을 사로잡았다. 이 두 편의 시는 1970년대 말과 80년대 초의 격변하던 상황 속에 등장했던 한국 시들을 생각나게 했다. 시가 전하려는 분명한 내용을 쉬운 언어로 표현하면서도, 결코 시적 긴장감을 잃지 않는 점이 이들을 매력적으로 보이게 했다.

다음으로 눈에 들어온 시는 약간의 문맥에 대한 이해가 필요한 「베를린 1884/5」, 「모호한 유산」, 그리고 「겸손한 질문 (1)」이라는 시였다. 이 세 편은 나이지리아 혹은 아프리카의 (탈/신)식민 상황이라는 문맥과 더불어 윌리엄 셰익스피어와 조너선 스위프트를 연상해야 의미를 조금 더 분명히 이해할 수 있는 시였다. 하지만 이 세 편조차 굳이 사전 이해가 없더라도 쉽게 읽을 수 있는 시라는 점에서는 다름이 없었다.

나이지리아의 대표적인 시인 니이 오순다레(Niyi Osundare, 1947-)

의 시가 아프리카 시에 낯선 한 독자의 시선을 사로잡았던 것은 시·공간의 차이를 넘어 존재하는 억압받은 사람들이 겪는 보편적 경험에 대한 시인의 공감적 상상력뿐만 아니라, 당대의 역사적 문맥과 분리되지 않은 구체적 일상의 모습에 대한 세심하고 애정어린 관찰이었다. 또한 누구나 접근할 수 있게 쓰인 쉬운 단어와 문장들, 단어들을 분절하여 숨어 있던 의미를 드러나게 하는 말놀이, 구전문학적 요소들을 새롭게 만드는 다양한 형식상의 실험이 만들어내는 시적 긴장감도 스쳐지나가던 한 독자의 시선을 그의 시에 머물게 했다.

20세기 영·미의 소위 대표적인 시인들에게서 볼 수 없었던 세계를 경험하게 해준 오순다레에 대한 호기심이 발동하여 가능한 시집들을 구해 읽으며 점점 더 빠져 들어갔다. 이는 단순히 70년대 말과 80년대 초의 과거로 가는 감성 여행이 아니라, 추상화된 생활 혹은 사고에 익숙해져버린 눈에 잘 보이지 않는, 하지만 우리 주변에 해결되지 않은 채 존재하고 있는 현실과 마주하며 길을 열어가는 여행이었다.

그 결과로 오순다레의 한국어판 시선집 『바다 건너 가교를』이 만들어졌다. 그동안 가능한 시집들을 구해 읽으면서 선별해 둔 시를 번역하여 2018년 하반기 〈지구적 세계문학〉에 21편을 먼저 소개했다. 이후 김재용 교수의 도움으로 시인과 연락이 닿아 한국어판 번역 시선집이 가능해졌고, 시인이 선정한 54편의 시에 옮긴이가 제안한 13편의 시를 포함한 총 67편이 여기에 포함되었다.

옮긴이는 오순다레의 한국어판 시선집이 처음 출간된다는 점, 그리고 그에 대한 소개가 거의 없다는 점을 감안해서, 시인의 인터뷰를 읽고 여기에 담긴 시를 읽는 데 도움이 될 만한 쉬운 이야기들을 발췌하여 엮는 것이 독자들에게 더 도움이 되리라 생각하여, 이로써 옮긴 이의 해설을 대신하려고 한다.

*

니이 오순다레(Niyi Osundare, 1947-)는 현재 아프리카 나이지리아의 주도적인 시인, 극작가, 비평가, 산문가, 대중 매체 기고가로서, 1960년 독립 이후 치누아 아체베(Chinua Achebe, 1930-2013), 월레 소잉카(Wole Soyinka, 1934-), 크리스토퍼 오킥보(Christopher Okigbo, 1932- 1967) 등을 이은 제2세대 작가다.

그는 서아프리카의 나이지리아 남서부 이케레-에키티(Ikere-Ekiti)라는 요루바족 마을에서 태어났으며, 그의 아버지는 북을 치고 노래를 짓고 부르는 농부였으며 어머니는 베를 짜고 염색하는 일을 했다. 그는 어린 시절 농촌 공동체에서 생활하다가 아버지의 권유로 영국의 식민지 교육 체계 속에 들어가 수학하였고, 나이지리아 이바단대학에서 학사 학위, 영국의 리즈대학에서 석사학위, 그리고 1979년 캐나다의 요크대학에서 박사학위를 받았다.

1982년 오순다레는 나이지리아로 돌아와 이바단대학교 영문과 교수를 역임했고, 1991/1992년 미국의 뉴올리언스대학 영문과의 부교수로 재직했다가 1997년에 정교수로 되돌아와 현재 석좌교수로서 아프리카 문학, 아프리카 디아스포라 문학, 문체론, 사회언어학 및 창작을 담당했다. 또한 그는 나이지리아의 가장 명성 있는 주간지 〈뉴스와치〉의 정기적인 기고가이고, 나이지리아 〈선데이 트리뷴〉의 주간 시 칼럼 담당자이며, 신문, 라디오, 텔레비전 등 다수의 대중 매체를 통해 당대 사건에 대한 평론가이기도 하다.

오순다레는 지금까지 18권의 시집과 2권의 시선집, 4편의 극작품, 2권의 산문집 및 수많은 학술 논문과 서평, 그리고 다양한 형태의 대중 매체 기고문을 발표했다. 그의 시는 주로 공동체적 삶과 구전 문학 전통에 기반을 두고 있으며, 이를 통해 식민주의, 자본주의, 독재정권 등에 의한 인종적·정치적·경제적 억압에 대한 저항, 사회 정의, 인권, 환경 등의 문제를 누구든 쉽게 이해할 수 있는 언어를 사용하여 전한다.

현재 그는 세계의 여러 나라를 방문하여 시 낭독회를 개최하고 있으며, 그의 작품은 아랍, 이탈리아, 일본, 세르비아, 스페인, 슬로베니아, 프랑스, 한국 등 여러 나라에서 번역되었다. 나이지리아에서는 2015년부터 매년 5월 니이 오순다레를 위한 시 낭독회, 학술 대회, 문학/문화 체험 등을 여는 '니이 오순다레 국제 시 페스티벌(NOIPOFEST)'이 개최되고 있다.

그는 나이지리아 작가협회 시문학상, 캐드버리/나이지리아 작가협회 시문학상, 연방 시문학상, 아프리카의 가장 권위 있는 노마상, 아프리카 최고 시문학 상인 치카야 우 탐'시 시문학상, 시 창작에서의 탁월성과 아프리카 인권에 중요한 기여를 한 인물에게 수여하는 아프

리카 작가회의의 폰론-니콜스상, 그리고 학문과 창작에 탁월한 업적
을 이룬 인물에게 수여하는 나이지리아 국가유공자상 등을 수상했다.

*

1. 벽장에서 장터로(from the Closet to the Market)

> 나는 민중이 내 노래에서 자신들의 목소리를 찾으리라는
> 어길 수 없는 서약을 나 스스로에게 했다.
>
> -파블로 네루다

오순다레는 자신의 첫 시집 『장터의 노래들』(1983)의 제사(題詞)로
칠레 시인 파블로 네루다(Pablo Neruda, 1904-1973)의 이 구절을 선택한
다. 네루다의 이 시구는 이후 그의 거의 모든 시에 큰 이정표가 된다.
그는 「기억의 주머니들 안에」(2001)라는 인터뷰에서 네루다 시에 관해
다음과 같이 말한다.

> 우리의 문학은 우리 모든 민중에게 다가갈 수 있어야 하고, 접근
> 가능하게 쓰여야 하고, 모든 노동자들이 너무 봐서 닳아버린 네루다
> 의 시집을 들고 작업 현장으로 향하던 파블로 네루다 시대의 칠레에
> 존재했던 것에 근접한 상황을 만들어야만 합니다.

민중에게 접근할 수 있는 시, 그리고 민중이 접근할 수 있는 시를
꿈꾸는 오순다레에게 시란 그의 첫 시집 제목이 보여주듯 '장터'에서

부르는 노래다.

　　내 친구가 시인은 장터에서 종을 울려 민중을 깨우는 역할을 한
다고 묘사했어요. 민중은 수년간 잠들어 있었어요. 우리 민중은 그토
록 오랫동안 자신들을 속박 상태에 있게 만든 그 기억상실이라는 약
을 보통 양보다 훨씬 더 많이 복용했을지도 모릅니다. 어떤 이들은 깨
어나기는 했지만 여전히 잠들어 있는데, 이들은 변화의 가능성을 믿
지 않아요. 그들은 "그래서, 우리가 뭘 할 수 있지? 이런 일은 아주 오
랫동안 우리에게 일어났지. 우리가 할 수 있는 건 없어"라고 말한답
니다. 어떤 이들은 여전히 너무 오랫동안 비를 맞아서 자신들의 옷을,
자신들을, 자신들의 영혼을 말릴 곳이 가능하리라고 믿지 않기도 합
니다. 나는 예술가들이란 바로 이 민중을 어루만지고, 그들에게 변화
의 가능성을 알게 하고, 당장은 우리의 하늘이 잔뜩 흐리지만 창공에
태양과 무지개가 있으리라는 걸 알게 하려 한다고 생각해요. 나는 바
로 이것이 예술가의 역할이라고 생각합니다.

　　이렇듯 첫 시집의 제목 '장터의 노래들'은 시란 무엇인가에 관한
오순다레의 선언적 의미를 지닌다. 우선 그가 시의 무대를 '장터'로
옮겨 모든 독자들에게 "접근" 혹은 "소통" 가능하게 만들어야 한다는
믿음을 드러낸 것은 이 첫 시집의 첫 시 「시란」에 잘 드러나 있다.

　　어느 배타적인 혀의
　　내밀한 속삭임이 아니다

어느 놀라워하는 청중을 끌기 위한
술책이 아니다
그리스-로마 설화 속에 묻혀있는
어느 박식한 퀴즈가 아니다

시란
음색을 거두어들이는
생명의 근원
더 많이 목청을 뽑으면
더 많은 마음을 휘젓는
행동의 선구자

시란
행상인의 짤막한 노래
징의 웅변
장터의 서정시
풀잎 위 아침 이슬 비추는
환한 빛

시란
부드러운 바람이
춤추는 잎에게 음악을 들려주는 것
발바닥이 먼지투성이 길에게 말해주는 것
벌이 유혹하는 꿀에게 붕붕대며 불러주는 것

내리는 비가 처진 처마에게 읊조리는 것

시란
고독한 현자의 돌을 위한
신탁의 알맹이가 아니다

시란
사람에게
의미하는
사람
이다.

「민중은 나의 옷」이라는 시가 보여주듯, 나이지리아의 '민중시인'으로 불리는 오순다레에게 이 선언적인 시는 현대 나이지리아 시의 문맥 속에서 그 역사적 의미를 갖는다. 이는 서구 모더니즘에 영향을 받은 제1세대 나이지리아 시인들 특히 월레 소잉카(Wole Soyinka)와 크리스토퍼 오킥보(Christopher Okigbo) 등의 작품이 보여준 '벽장' 속에 들어 있는 시의 난해성과 엘리트주의에 대한 일종의 도전적 서사다.

나이지리아에서 영어를 사용하던 제1세대 시인들의 시는 만성적인 벽장증후군을 겪었습니다. 이 시들은 사실상 너무 어려워서 수많은 시인과 독자들에게 어떤 글 하나가 시의 자격을 갖추려면 어려워야 한다는 마음을 갖게 했어요. 만약 어렵지 않으면 시가 아니라는 것이지요. 문자로 기록된 상태는 원고가 지니는 경외심을 부여받고, 시인과 독자 사이에는 거리가 입을 떡 벌리고 있어 소통이 불가능했어요. 구전 시인과 듣는 사람들 사이엔 결코 없었던 일이지요. 월레 소잉카와 크리스토퍼 오킥보의 초기 시는 아주 성공적이었던 모더니즘의 영향을 받았고, 엄청난 노력과 의도적인 모호함을 찬양하고, 순수 문학적이지 않은 청자들에게 별 공감을 주지 못했어요. '시인 중의 시인'인 오킥보는 너무하다 싶을 정도로 인유를 많이 사용해서, 교육받은 소수의 독자만이 그의 수많은 참조 내용을 공유할 수 있었지요. 소잉카의 시 또한 중략된 구문과 과도하게 간소화된 시어들이 합쳐져서 고도로 교육 받은 소수에게만 접근 가능한 수수께끼가 되어버렸습니다.

이런 제1세대 나이지리아 시인들의 '벽장' 속에 있던 시를 '장터'로 가져가야 하는 이유와 관련하여, 오순다레는 식민지 영어 및 영문학 교육이 들여온 기록 문학의 폐해로 인해 생긴 작가와 독자의 분리, 그리고 그 결과 나타난 문학에 관한 그릇된 인식을 교정해야 할 필요성을 주장한다. "시를 민중에게 돌려주"기 위한 한 가지 처방으로 오순다레는 식민지 교육으로 인해 위기를 맞았던 전통적인 공동체 사회의 구전 문학을 제시한다.

나이지리아에 있어서, 아프리카 (기록) 문학의 발전에는 모순이 있습니다. 우리의 선구자들은 매우 열심이었어요. 그들은 영어로 된 문학을 촉진시켰고, 동시에, 그들이 선택한 매체로 인해 [구전] 문학의 잠재성은 손상되었지요. 우리는 중등학교 시절에 아프리카 문학을 원한다고 했고, 그걸 얻었어요. 독립한 후 5년이 지난 1965년이었어요. 한데 우리가 무엇을 얻었냐 하면? 소잉카와 오킥보, J.-P. 클라크(J.-P. Clark), 코피 아우노(Kofi Awoonor)의 시입니다. 이 중 몇몇은 너무 어려웠고, 특히 소잉카와 오킥보의 시가 그랬습니다. 내가 글을 쓰기 시작했을 때 이 부정적인 영향이 내게 있었고, 나는 나이지리아의 신세대 시인들의 임무는 시를 민중에게 돌려주는 것이라고 느꼈습니다. 우리 문화 주변의 모든 것은 서정적이고 음악적인데, 이를 기록이라는 형식 속에 넣으면서, 일차적으로 어떻게 그 재료를 만들었던 민중들을 소외시키겠습니까? (중략) 그들은 T. S. 엘리엇(T. S. Eliot), 에즈라 파운드(Ezra Pound), 딜란 토마스(Dylan Thomas), 제라드 맨리 홉킨스(Gerard Manley Hopkins)의 토양에서 자랐지요. (중략) 그들은 예술가란 동굴거주자이거나 인류에게 법을 제정해주는 올림포스 산 정상에 살고 있는 인물이라는 유럽식 증후군을 무척 믿고 있었어요. 시가 이해하기 어려우면 어려울수록, 더 훌륭하고 정교한 것이라고 믿었지요. (중략) 나의 강점은 바로 구전 전통이라고 생각해요. 나는 축제와 북소리가 있는 시골에서 자랐습니다. 아버지의 영향이 지대했어요. 아버지는 농부이면서 북치고 노래하는 이야기꾼이었습니다. 내가 글을 쓸 때면, 내 어린 시절의 분위기가 항상 함께 한답니다. 마치 농부처럼 내가 가진 것을 사람들과 나누려고 합니다.

그렇다고 해서 오순다레가 문학적·문화적 문맥 속에서 향수어린 공동체적 과거로의 복귀를 주장하는 것은 아니다. 오히려 그에게 시가 "벽장에서 나와 곧바로 장터로" 가야 하는 것은 억압적인 정치적 상황에서 "꿈을 지닌 민중"과 소통할 수 있는 공간을 마련하기 위해서다.

사실상, 사회적 상황이 억압적이면 억압적일수록, 자유를 사랑하는 작가가 소통하려는 의도는 더 급해집니다. 압제자의 무언의 수사망이 위협적으로 넓어지면 넓어질수록, 작가가 소통하려는 충동은 더 강렬해집니다. 앞서 암시한 바, 어떤 문맥이 그 문체를 선택하게 하지요. 독재자의 침묵을 전복해야 할 절박한 필요성을 지닌 작가는 그가 각성시키려는 꿈을 지닌 민중에게 쉽게 접근할 수 있는 표현방식을 얻으려고 합니다. (중략) 나이지리아의 사회적 무질서, 점증하는 억압적인 체제로 인해 현대 나이지리아 시는 벽장에서 나와 곧바로 장터로 나갔습니다. (중략) 독립 시기에 흑인 통치자들은 백인 통치자들로부터 권력을 이양 받아 그들이 대체한 백인 통치자들보다 더 끔찍한 짓을 자기 민족에게 저질렀어요. 1970년대에 나타난 작가들은 소잉카/아체베 세대들보다 더 정치적이고 더 급진적이었고, 더 접근 가능한 문체로 글을 썼어요. (중략) 내 세대의 경우 문학이 만약 세상을 바꾸려면 누구나 이해할 수 있을 정도로 아주 쉽고 그래서 소통 가능해야만 한다는 점이 주목을 받았어요. 이런 이유에서 나는 시를 신문으로 가져갔어요. 우리는 시를 라디오로도 가져갔어요.

2. 의인으로서의 작가(The Writer as Righter)

『의인으로서의 작가』(1986)에서 오순다레는 "진정한 작가는 부단히 억압과 싸우는 것 말고는 다른 대안이 없다"고 선언한다. 그는 이러한 소명이 20세기 서구에서는 서서히 기울어 사라져가고 제3세계 작가들 사이에서는 지속적으로 이어진다고 본다.

　대체로 예언자로서의 시인이라는 이미지는 20세기에 들어서며 기울어져가는 듯하다. 놀랄 만한 사회·경제적 모순과 점증하는 정치적 억압이 기존의 예언에 의문을 제기하는 시기에 이런 현상이 그리 놀라운 일은 아니다. 한데 지금 그 소명은 실천의 문학, 그리고 사회 상황에 대해 강력하게 요구하는 진술을 담은 구체적인 행동의 문학인 듯하다. 이 소명은 자본주의의 착취와 제국주의로 오랜 희생을 겪은 민중들의 대변자인 제3세계 작가들 사이에서 가장 지속적으로 나타난다. (중략) 예를 들어, 실 체이니-코커(Syl Cheyney-Coker)는 "아프리카 작가의 존재 자체가 정치적인 진술이다"라고 선언했으며, 참여적이 될 수밖에 없었다. 이전에 아체베는 아프리카 작가란 "행해야 할 재교육과 갱생의 의무를 면제받기를 기대할 수 없다"고 주장했다. 사실상 그는 최전선에서 전진해야 했다. 그리고 응구기 와 시옹오(Ngũgĩ wa Thiong'o)는 "작가란 세상을 설명해야할 뿐만 아니라 변화시켜야 한다"고 단언했다.

　흔히 사회주의 휴머니스트 혹은 마르크스주의 휴머니스트로 불리는 오순다레는 의인으로서의 작가라는 소명의 판단 기준을 자신이 태어난 서부 나이지리아의 이케레-에키티의 공동체적 삶과 거기서 자라난 의식에 둔다.

내가 글을 읽고 쓸 줄 알기 훨씬 전에 나는 성장하면서 읽었던 사회주의를 이미 실천했다고 생각해요. 나는 공동체적인 환경에서 자랐습니다. 어느 누구도 굶주리는 걸 본 적이 없어요. 어떤 사람은 너무 많이 가지고, 어떤 사람은 거의 아무것도 가지지 못한 것을 본 적도 없어요. 게다가 이케레-에키티 공동체에는 활력이 넘치고, 열심히 일하고, 지각이 있는 사람들이 살았어요. 나는 사람들이 질문하고 도전하는 풍토, 개인의 삶이 공동체로 흘러들고 공동체의 삶이 개인에게로 흘러드는 공동체적인 생활 풍토에서 자랐습니다. 아무도 굶주리지 않았어요. (중략) 나는 다른 사람들이 굶주리고 있는 곳에서 결코 편안할 수가 없었어요. 이것은 내가 부모님과 공동체에서 물려받은 것입니다.

이런 공동체적 삶과 의식을 파괴한 것은 바로 아프리카에 자본주의를 유입한 식민주의였다. 식민주의를 통해 유입된 자본주의는 "모든 사람들이 다른 사람을 돌보는 그런" 공동체를 해체하고 개인의 "이윤을 증가시키려고 다른 사람을 예속화시키는" "비인간적인" 속성을 지닌 제도로 비춰진다. 오순다레는 아프리카의 전근대적 내부 식민지 문제를 등한시하지 않으면서 외부 식민지의 문제를 문제화한다.

식민주의는 아프리카에 자본주의를 들여왔습니다. 내가 성장한 아프리카 사회가 완벽하다고 말하는 건 절대 아닙니다. 나름의 미신, 전쟁, 노예제, 불안정성, 무지도 있어요. 그래서 많은 사람들은 완전한 무지, 퇴치 가능한 질병, 가책에 의한 심판, 마법에 걸리면 독을 마셔야 하는 일 등으로 죽었어요, 그것도 많이. 어떤 왕들은 압제적이고, 끔찍하고, 어떤 왕들은 사람을 희생시켜야 한다고 고집스레 강조했어요. 결코 완벽한 사회는 아니었어요. 하지만 사회의 경제 제도 면에서, [식민주의/자본주의]는 내가 자라며 봤던 것과는 너무나 많이 달랐어요. (중략) 지금은 백인들이 들어오며 "자신을 돌보라, 뒤처져 꼴찌가 되면 귀신이 잡아간다"는 걸 들여왔어요. 나의 이데올로기와 일차적인 관심은 바로 이 뒤처진 꼴찌입니다.

이로 인한 폐해는 공식적인 식민 통치기간에 한정되어 있지 않고 1960년 나이지리아 독립 이후까지 이어져 갔다. 독립 이후 나이지리아 혹은 아프리카 내부의 혼란은 지속되었다.

영국 국기가 내려가고 나이지리아 국기가 올라가던 1960년 나는 초등학생이었습니다. 우리는 플라스틱 컵 등을 받아 들었고, 교사들은 우리에게 멋진 신세계가 펼쳐질 것이며 우리는 자유로운 세상에서 살 것이며, 우리의 경제는 완전히 우리의 통제하에 들어올 것이며, 우리 모두 먹을 것이 넉넉할 것이라고 했어요. 우리 지도자들도 생활이 더 풍요로우리라는 등등을 약속했지요. 한데, 우리가 뭘 가졌죠? 고등학교, 조작된 선거, 서부에서의 봉기, 군사 쿠데타, 북부에서의 학살 그리고 내전. 그 이후로 내내 이 나라에는 압제자 이후에 또 다른 압제자가 나타났습니다. 진심으로 우리나라를 사랑하지 않는 사람들. 나는 이런 환경에서 살아가며, 폐를 부패시킬 수밖에 없는 오염된 공기를 마시고 살아갈 수는 없다고 믿었어요.

게다가 독립 이후 나이지리아 혹은 아프리카에 대한 외부 제국의 통치는 그 형태만 달라졌을 뿐, 식민지 시대 상황과 크게 다르지 않은 신식민주의적 경향을 보였다.

아프리카에는 "국기만 달았을 뿐 모든 것이 똑같은 독립(flag independence)", 이론상의 독립만 있기 때문입니다. 놀랍지도 않아요. 역사의식을 지닌 사람이라면 누구든 오늘날 아프리카의 상황에 놀라지 않을 것입니다. 연안에서 우리의 남자들과 여자들을 골라 대서양을 가로질러 데려가 그곳에서 노동을 시켰던 실제 노예제와 지금 아프리카인에게 자기 땅에서 유럽을 위해 노동을 하게 만드는 것 사이에 사실상 별 차이가 없어요. 국제통화기금(IMF), 세계은행(World Bank), 파리 클럽(Paris Club), 런던클럽(London Club)°은 새로운 노예판매상들이 되었어요. 이는 비유적으로 변형된 형태로 괴롭히는 현실입니다. 어떤 도덕적 권고도 이 사람들을 강제할 수는 없어요. 그들은 이 모든 일을 하면서 모두 아프리카의 발전을 위한 것이라고 말합니다.

이런 국내·외의 억압적 상황에서도 문학은 강요된 침묵을 거부하고 독자들에게 다가간다.

---

* 파리 클럽(Paris Club): 전 세계 22개 채권국 국가의 비공식 그룹으로, 1956년 아르헨티나의 디폴트 상황을 정리하기 위해, 개별 협의를 지속하기 어려웠던 아르헨티나 정부의 요청으로 채권 국가들이 파리의 한 클럽에 모인 것을 시초로 함. 이와 달리 런던 클럽(London Club)은 민간 채무를 해결하기 위한 민간 은행 협의체로, 1976년 자이레의 부채 상환 문제로 모인 것을 시초로 함.

모든 독재자들은 작가와 독자 사이의 그 공간을 죽을 만큼 두려워 한답니다. 왜냐하면 바로 그 공간 속에서 작가의 생각이 독자의 생각에 불을 지펴 끌어들이기 때문이지요. 바로 그곳에서 작가의 허구적 구성이 구체적인 형식을 취하고, 수줍은 꿈이 대담하고 단정적인 표정으로 거리를 활보합니다. 이 공간은 혁명을 배양하고 양육하는 밭이지요. 바로 이런 이유에서 모든 독재자들은 이 공간을 방해하거나 파괴하여 어떤 명칭을 부여하려고 합니다. 하지만 어떤 독재자도 말을 파괴할 수는 없어요. 왜냐하면 말은 파괴될 수 없기 때문입니다. 족쇄에 채워서 문을 잠그면, 말은 벽의 갈라진 틈을 통해 달아납니다. 동굴 속에 넣고 막아버리면, 말은 최소한의 바람을 타고도 흘러나갑니다. 달걀처럼 바닥에 던져 박살내면, 그러모을 수 없을 만큼 퍼져나갑니다. 그 공간이 강제적으로 사악한 권력에 의해 위협을 받게 된다면, 예술은 정통적이지 않은 전략—노래꾼의 목소리를 듣는 이의 귀에 다시 연결하는 방식—을 채택하여 그 본질을 드러내는 방법을 취합니다.

이처럼 억압적인 상황을 변화시키는 것이 바로 오순다레에게 있어서 시가 해야 할 일이다. "발화하는 것은 변화시키는 것이다." 그리고 그 변화의 동력은 비평가들이 자주 언급하는 오순다레의 낙관주의에서 온다.

오늘 아무리 어려운 일이 있더라도, 내일은 다를 수 있습니다. 사태가 악화되어도 사람들은 지평선 너머로 바라봅니다. "삶이 있는 한, 희망은 있다"는 격언을 잘 아시지요. 나의 아프리카식 표현은 "희망이 있는 한, 삶은 있다"는 것입니다. 500년 동안 우리는 예속 상태에 있었습니다. 우리에게 희망이 없었다면, 우리는 사라졌을 것입니다. 아프리카 노예들이 수세기를 거쳐 겪어온 것들을 상상해볼 수 있겠지만, 우리 민족은 중간 항로(Middle Passage)의 고통에도 불구하고 살아남아 아이를 키울 수 있었습니다. 우리 민족이 그 모든 것을 거쳐 겪고 살아남았는데, 그들 대신 우리가 절망하다니요! 그들이 어디에 있든 우리에게 분노할 것입니다. 나는 원죄를 믿지 않아요. 우리를 우리로 만드는 것은 사회와 환경입니다. 어떤 위험이 있더라도 우리는 항상 극복할 수 있습니다.

오순다레는 이전 세대 작가인 아체베와 소잉카가 "변화란 가능할 뿐만 아니라 피할 수 없는 것이라고 믿고 있다는 인상을 받지 못했다고" 주장한다. 또한 그는 서구 비평에서 홍행했던 "저자의 죽음"이 아프리카에는 전혀 적용되지 않는 것이라며 작가란 "그저 글을 쓰는 사람이 아니라 전사(warrior)"라고 표현한다. 그는 이런 작가들의 임무는 "동포들의 폐에서 [부패한] 공기를 몰아내야 한다는 걸 확신"해야 하며, 글쓰기란 "그런 공기를 몰아내는 방법이라고" 본다.

나는 아주 강하게 문학이 사회를 바꿀 수 있다고 믿습니다. 흔히 냉소적인 사람들은 이런 소설들, 이런 모든 시와 극들을 계속 쓰지만, 압제자는 점점 더 강력해지고 시장에서 물가 상승률은 점점 더 높아만 가서 아이들에게 줄 음식을 식탁에 놓을 수 없다고들 합니다. 나는 이것이 문학, 말하자면, 예술 일반에 대한 냉소적이고, 근시안적이고,

일순간적인 접근이라 생각합니다. 예술에는 어루만지는 힘이 있어요. 예술은 영향을 끼치죠. 사람들에게 영향을 끼쳐 변화시키면서 공동체를 변화시킵니다. 사람들이 시를 듣고 우는 걸 본 적이 있어요. 사람들이 소설을 읽고 곧 자살을 하는 걸 본 적도 있어요. 사람들이 소설을 읽고 "맞아! 인생은 진정 살 만한 거야!"라고 말하는 걸 본 적도 있어요. 그렇게 문학은 영향력을 발휘하여 사회를 변화시킬 수 있답니다. 의심의 여지가 없어요.

이런 생각을 담은 시가 그의 첫 시집 『장터의 노래들』 마지막에 수록된 「나는 변화를 노래한다」이다. 오순다레는 바로 이 시를 한국어판 번역 시선집에서도 마지막에 배치한다.

나는 노래한다
노예가 없는
아테네의 아름다움을

왕과 왕비도
독단적인 과거의
다른 유물도 없는
세상을
매서운 북부나
깊숙한 남부가 없는
지구

가림막이나

철벽이 없는

지구를

군벌과 무기고

증오와 두려움이라는 감옥의

종말을

재촉하는 비 내린 후

나무가 자라고

열매 맺는 사막을

무지에 빛을 쪼아 제거하는

해를

모름의 밤을 알려주는

별을

나는 새롭게 고쳐 만든 세상을 노래한다

3. 요루바어와 영어(Yoruba and English)

대다수의 식민지 출신 작가들이 겪은 혹은 지금도 겪고 있는 제국
의 언어와 식민지 언어의 충돌은 20세기의 보편적인 현상 중 하나일

것이다. 오순다레는 식민지 교육을 받던 어린 시절의 영어에 대한 경험을 이렇게 회상한다.

> 우리가 자랄 때 학교 교정에서 요루바어를 쓰는 건 죄였어요. 사실 저지를 수 있는 가장 심한 범죄 중의 하나였어요. 한 주가 끝날 때쯤, [영어만 쓴] 완벽한 아이가 요루바어를 쓴 아이의 이름을 소리 내서 읽었어요. 그들은 맞았고 풀을 베야만 했어요. "연속적인 범죄자"는 2주일 동안 정학을 받았어요. 그러고도 계속 쓰면, 학생기록부에 기록되었어요. 우리는 대부분 우리 자신의 언어를 비방하면서 자랐어요. 아, 지금도 그렇지만, 중요한 언어는 오직 영어였어요. 그래서 이렇게 많은 사람들이 자기 모국어로 된 문학을 잃어버렸어요.

이렇게 도입된 영어가 지금 당장은 주도적인 역할을 하고 있다는 점과 관련하여, 오순다레는 나이지리아에서의 영어에 대한 두 가지 증후군을 설명한다. 그 하나는 '칼리반 증후군'이다.

> 칼리반 증후군입니다: 네가 나에게 언어를 주고, 나는 그걸 이용해서 너를 저주한다는 것이지요. 우리는 유럽의 언어를 사용해서 아프리카 사람들 사이에 연대를 구축할 수도 있었고 우리들 사이에 안정적인 이해를 이룩하기도 했습니다.

또 다른 하나는 나이지리아의 여러 부족의 언어를 조정하여 영어로 사용하는 것으로, 오순다레는 이를 '아체베 증후군'이라고 부른다.

이런 모순은 항상 있었어요. 나는 요루바어로 쓰고 싶었지만, 문제가 있었어요. 요루바어로 글을 쓰면 표현할 때 더 자유롭고 문화적으로도 더 자유롭기 때문입니다. 다른 어떤 말을 하든, 영어는 식민지가 부과한 언어였어요. 영어는 나이지리아인들에게 부과된 첫 법령이었어요. 그런데 요루바어로 글을 쓴다는 것은 결정적으로 나의 독자들을 제한했어요. 가능한 한 요루바어를 조정하고 중재해서 영어에 넣는 것, 괜찮다면, 그것을 아체베 증후군이라고 할 수 있겠지요.

오순다레는, 비록 토착어 사용으로 인한 모순적 상황이 있다는 점을 인식하기는 하지만, 아체베가 「아프리카 작가와 영어」에서 부족어로 된 부족문학의 대척점에 있는 영어로 된 나이지리아 국가/민족문학의 필요성을 주장한 데 대해 다소 비판적 거리를 유지한다.

나는 아체베가 20년 전에 다양한 토착어들에 대해 비판적으로 말했던 데서 나타난 영어에 대한 무비판적 애정에 동의하지 않습니다. 아체베도 변했어요. 약 3년 전에 나이지리아 작가협회*의 시작을 알리던 때, 아체베는 이보어로 쓰인 많은 시들을 읽었고, 그중 하나는 크리스토퍼 오킥보에게 헌정하는 것이었어요. 나는 이보어를 하지 못하지만, 그의 서정성이 나를 감동시켰어요. 나는 아체베가 토착어를 상당히 확신하게 되었다고 생각해요.

---

* 나이지리아 작가협회(ANA, The Association of Nigerian Authors): 1981년 나이지리아의 국·내외 작가들을 대표하는 협회로서, 아체베가 초대 회장을 맡아 1981년에 창립되었음.

이런 기조를 유지하며, 아체베 이후 나이지리아 제2세대 작가인 오순다레는 오히려 토착 부족어의 가능성을 더 강조한다.

　　내가 이케레에서 만난 것은 이케레 문화만이 아니었어요. 나는, 이제야 뒤늦게나마, 우리가 들어온 수많은 것들이 있다는 점과, 후에 나이지리아라고 불린 다른 지역들에서 나온 수많은 것들이 우리의 시적 성정에 영향을 끼쳤다는 점을 발견했어요. 하우사, 이도마, 이갈라의 수많은 단어들은 에키티 방언에 있어요. 한데 가장 두드러진 영향을 끼친 것은 에도였어요. (중략) 그리고 나는 이런 기원들로 되돌아가지 않고서는 쓸 수 있는 길이 없었으리라 느껴요.

　오순다레는 이 가능성을 나이지리아에 국한하지 않고 아프리카 전역으로 확장하며, 유럽어가 소통과 문학의 도구로 사용되고 있는 현실에서 지금 당장은 적어도 토착어에 관한 지속적인 관심과 의식을 가져야 한다고 주장한다.

　　많은 아프리카 작가들이 유럽어를 사용합니다만, 토착어를 사용해야 한다고 철저히 인식하고 있어요. 그런 인식이 있는 한, 그리고 의식적으로 토착어를 발전시키려고 하는 한, 언젠가는 평가받게 될 날이 올 것이라 생각합니다. 그리고 사실 아프리카의 많은 토착어는 기록 문학의 전통도 지니고 있어요. 예를 들어, 내 언어인 요루바어는 구전과 기록 양쪽 모두의 시적 전통을 지니고 있습니다. 그리고 키스와힐리에는 시를 쓰는 데 필요한 고도의 형식적 관례들이 있어요. 나는 두 가지 언어를 다 씁니다. 영어로 쓸 때면 모국어의 관용구와 문화적 반향을 이용해요. 내가 예견하는 것은 다국어적 아프리카입니다. "두 언어를 가지면 두 영혼을 가진다"고 하지요. 두 영혼은 적절히 다루어져야 합니다. 물론 당연히 토착어가 우선되어야 하겠지요.

그리고 그는 그 가능성을 응구기에게서 찾았고, 언어와 관련하여 다가올 아프리카의 모습을 다음과 같이 그린다.

내가 미래를 위해 글을 써야 한다고 말할 땐, 유럽어가 아프리카 문학의 미래를 유지해가리라는 뜻이 아닙니다. 전혀 반대입니다. 장래에는 아프리카 교육, 아프리카 문화, 그리고 아프리카 예술이 토착어로 쓰일 것입니다. 그렇다고 우리가 영어로 해왔던 모든 것을 배재하는, 그런 미래는 아닐 것입니다. 우리가 발전해온 역사적 환경은 우리에게 이중 언어적 상황을 부과했어요. 우리는 아프리카인이 자신의 언어, 프랑스어, 영어 혹은 포르투갈어 중에서 스스로 선택할 수 있는 이중 언어적 상황에서 시작해야 한다고 말합니다. 응구기는 스스로 선택을 한 것입니다. 그는 키쿠유어로 써왔고, 지금은 키스와힐리로 쓰려고 합니다. 그것이 내가 보는 아프리카 문학의 미래입니다. 그것이 50년 혹은 200년이 걸릴 수도 있겠지만, 언젠가는 오리라고 생각합니다.

4. 바다 건너 가교를(Bridge across the Seas)

오순다레는 항상 자신의 고향인 이케레-에키티에서 출발해서 나이지리아, 서아프리카, 아프리카, 그리고 전 세계를 향해 길을 열어나간다. 그는 각 단위별로 모두가 상호 보완적 혹은 상호 의존적이라고 믿으며 그 과정을 이어나간다.

나는 내가 나무라고 봅니다. 내 뿌리는 나이지리아 혹은 아프리카지요. 하지만 가지는 전 세계로 뻗어갑니다. 나는 내가 가본 적이 있는 세계의 모든 곳에서 편안함을 느낍니다. 나는 강이기도 합니다. 우리 집안의 이름은 서나이지리아에서 제일 긴 오순(Osun)강에서 왔어요. 강은 경계를 알지 못해요, 한 나라에서 옆에 있는 나라로 갈 때 비자가 필요하지도 않지요. 라인 강을 보세요, 얼마나 많은 유럽의 나라들을 지나가는지. 아마존강, 미시시피강, 갠지스강도 많은 지역이나 국가를 가로질러 흐르지요.

하지만 오순다레가 강처럼 흐르며 이어 가려는 세계에는 그 흐름을 방해하거나 흐르는 강 자체를 오염시키려는 세력들이 항상 함께 존재한다.

강의 상류가 중독되면, 하류에 사는 사람들이 고통을 받아요. 인간은 강입니다. 강의 체계에서 어느 한 지점이라도 중독되면 다른 지역은 그 독을 마시게 되지요. 그래서 상호 보완성이나 상호 의존성은 내게 언제나 중요하답니다. 세계의 강대국들은 이런 상호 보완성을 받아들이지 않았어요. 그래서 그들이 그토록 많은 개발도상국들을 약탈하고 파괴했어요. 한데 우리가 환경 훼손, 기후 이상, 구멍 뚫린 하늘 등을 겪고 있어요. 그래서 그들은 누군가가 아마존 밀림에 있는 나무들을 파괴하거나 강제로 중앙아프리카의 어느 한 국가에게 자기 환경을 파괴하도록 만들면 그 영향이 전 세계에서 느껴지게 된다는 사실을 점차로 인식하게 되었어요.

이러한 세계 강대국의 논리 혹은 지역 독재자들의 논리 또한 부정적인 의미의 국제적 연대를 만들어 가기도 한다.

하지만 세계가 내 의식 속에서 결합되어 있듯이, 나는 악의 근원에도 그 나름의 전 지구적, 국제적 논리가 있다는 걸 알고 있습니다. 히틀러는 혼자서 세상에 테러를 가한 것이 아닙니다. 그는 이탈리아와 일본과 동맹을 맺었지요. 아바차*도 혼자서 행동한 것이 아니랍니다. 라이베리아와 부르키나파소와 동맹을 맺었지요. 비슷한 것들끼리 서로에게 끌리죠. 독재는 그 체제 내의 바이러스와 같습니다. 어느 한 곳에서 그걸 퇴치하고 다른 곳에서 번성하게 놔두면, 그 감염이 멈추지 않고 퍼져나가죠.

이렇듯 삶의 자연스럽고 평화로운 흐름을 방해하는 세력에 반대

---

* 사니 아바차(Sani Abacha, 1943-1998): 나이지리아 군사 지도자이자 정치인으로, 1993-1998까지 사실상의 대통령을 지낸 인물.

하는 지역적·세계적 연대의 가능성에서 오순다레는 세계문학의 가능성을 찾는다. 이런 문맥에서 그는 나이지리아 국내에 만연했던 "사악한" 세력에 저항한 의인들을 상기시킨다.

지난 10여 년간 나이지리아에서 목격한 것은 군대가 합법적인 선거를 무효화시키고, 정치적으로 암살하고, 억류하고, 투옥하고, 온갖 방식으로 괴롭히는 등, 만연하는 악과 다름이 없는 것이었어요. 물론 당신은 동료 작가인 켄 사로 위와*의 교수형을 기억할 것입니다. 전 세계에 충격을 준 야만적인 행위였어요. 나이지리아의 악을 반대하는 사람들은 희생되었어요. 노벨상 수상자인 월레 소잉카, 가니 포웨힌미, 페미 팔라나, 올리사 아그바코바, 베코 랜섬-쿠티, 쿤레 아지바데, 크리스 안야우, 조지 음바 등." 하지만 바방기다-아바차*** 독재 정권에 대해 승리한 것은 이 우수한 사람들 덕이었어요. 희망에 불을 지핀 사람들이며 그 후에 새로운 시작을 하자고 말할 수 있게 한 사

---

* 켄 사로 위와(Ken Saro Wiwa, 1941-1995): 나이지리아 작가, 텔레비전 프로듀서, 환경운동가. 아바차 정권(1993-1998)에 의해 처형됨.

** 가니 포웨힌미(Gani Fawehinmi, 1938-2009), 페미 팔라나(Femi Falana, 1958-): 나이지리아 법률가, 인권운동가. 올리사 아그바코바(Olisa Agbakoba, 1953-): 나이지리아 인권운동가, 해상 변호사, 나이지리아 법률가 협회 전 회장. 베코 랜섬-쿠티(Beko Ransome-Kuti, 1940-2006): 나이지리아 의사로 인권운동가. 쿤레 아지바데(Kunle Ajibade, 1958-): 나이지리아 언론인, 편집인, 작가. 크리스 안야우(Chris Anyawu, 1951-): 나이지리아 언론인, 출판인, 작가, 정치가. 조지 음바(George Mbah): 나이지리아 언론인.

*** 바방기다-아바차(Babangida-Abacha): 이브라힘 바다마시 비방기다(Ibrahim Badamasi Babangida, 1940-): 나이지리아의 당시 대부분의 군사 쿠데타에서 중요한 역할을 했던, 육군 참모총장으로 근무하다가 대통령(1985-1993)이 된 인물. 229쪽 첫 번째 각주 참조.

람들입니다. 참혹한 밤의 어두움을 지난 후에, 새벽은 의기양양하게 그 도착을 알리기 마련이지요. 그래서 우리는 항상 악을 행하려고 애쓰는 소수의 사람들로 전체 인류를 판단하지 말아야 한다고 확실히 해야 합니다.

오순다레는 세계적인 규모의 식민주의나 자본주의, 혹은 국가 단위의 독재 권력하에서 고통 받고 있는 민족들과 민중들, 그리고 그런 지역을 중심으로 만들어진 "인간의 우의"에 기초한 작품들 사이에 나타나는 보편적인 호소력을 강조한다.

나는 기본적으로 나 자신을 한 인간이라고 생각합니다. 그리고 인간으로서 나는 범인간적인 자질들이 전 세계에 있다고 알고 있습니다. 뉴질랜드의 마오리인, 중국인, 유대 키부시의 말레이시아에 사는 사람, 팔레스타인에 사는 사람들 (중략) 이들에겐 마음에서 반향을 끌어내는 무엇인가가 있어요. 나는 다른 지역에서 온 작품들을 읽으면 즐겁고 감사하게 응합니다. 감사하고 즐거운 이유는 모든 예술 작품들이 위대한 인간의 우의(友誼, comity)를 생각나게 하기 때문입니다. 이는 모든 일반적인 인간이 두 개의 눈과 한 개의 코와 두 개의 귀와 걸어 다니는 두 발을 지녔다는 것만이 아니라, 우리 모두를 함께 참여하게 하는 귀들 사이에 무엇인가가 있다는 것입니다. 말하자면 우리의 문화에 관한 무엇인가가 있다는 것입니다. 그래서 세상을 연결하

* 이 인터뷰는 2000년 여름에 발표된 것임.

는 많은 것들이 있고, 예술이 해야만 하는 것은 이런 것들을 증진시키는 것이라고 믿습니다. 정치가들은 세상을 분열시킵니다. 나는 예술가들이 진정으로 다시 결합해야 한다고 생각합니다. 이것이 내가 앉아서 글을 쓸 때 가장 먼저 마음에 두는 것입니다.

오순다레는 나이지리아의 국내적인 문맥에서의 정치적 억압과 분열을 넘어서서, 특히 전 세계의 "억압받은 민족"의 입장에 서서 "인간의 우의"에 기초한 세계적인 작가의 연대를 이루어가야 할 필요성을 강조한다.

나는 시를 엄청나게 읽는 독자입니다. 그리고 내가 읽은 아시아, 미국, 그리스, 남미, 아프리카의 작가들로 인해 나는 축복을 받았어요. 세상의 다른 곳에 사는 다른 시인들의 목소리를 듣는 것은 내 자신과 내 예술에 대한 내 자신의 확신을 확인시켜 줍니다. 그들은 "오 맞습니다. 세상이 다른 곳에서와 마찬가지로 여기서도 그래요"라고 내게 말합니다. 그들은 인간의 본질적인 공통성에 대한 나의 믿음을 다시 확인해줍니다. 이 작가들에게서 본 높은 이상은 나를 위한 방패입니다. 그 방패 뒤에서 나는 나의 온전함과 감성을 지켜왔습니다. 그 방패로 인해 나는 세상의 다른 일부분, 내 조국, 아프리카, 유럽, 미국 등 모든 곳에서 본 냉소주의와 부정성에 대해 내 스스로를 지킬 수 있었습니다.

영문학을 전공한 오순다레가 14세기부터 20세기 중반에 이르는 영미 시인들을 흔히 언급하기는 하지만, 그들보다 더 중요하게 그에게 "방패"가 되어준 세계 시 공동체의 근·현대 구성원은 대체로 다음과 같다.

가나의 코피 아니도호(Kofi Anyidoho, 1947-), 그리스의 오디세아스 엘리티스(Odysseus Elytis, 1911-1996), 나이지리아의 크리스토퍼 이킥보(Christopher Okigbo, 1032-1967), 월레 소잉카(Wole Soyinka, 1934-), 러시아의 블라디미르 마야코프스키(Vladimir Mayakovsky, 1893-1930), 마르티니크의 에메 세제르(Aimé Césaire, 1913-2008), 멕시코의 옥타비오 파스(Octavio Paz, 1914-1998), 미국의 월트 휘트먼(Walt Whitman, 1819-1892), 미국의 랭스턴 휴즈(Langston Hughes, 1902-1967), 미국의 아미리 바라카(Amiri Baraka, 1934-2014), 바르바도스의 카마우 브레스웨이트(Kamau Brathwaite, 1930-), 세인트루시아의 데렉 월콧(Derek Walcott, 1930-2017), 시리아의 아도니스(Adonis/Adunis, Ali Ahmad Said Esber, 1930-), 시에라리온의 실 체니-코커(Syl Cheney-Coker, 1945-), 아일랜드의 셰이머스 히니(Seamus Heaney, 1939-2013), 앙골라의 아고스티뉴 네투(Agostinho Neto, 1922-1979), 영국의 윌리엄 워즈워스(William Wordsworth, 1770-1850), 우간다의 오콧 프비텍(Okot p'Bitek, 1931-1982), 인도의 라빈드라나트 타고르(Rabindranath Tagor, 1861-1941), 중국의 아이칭(Ai Qing, 1910-1996), 칠레의 비센테 우이도브로(Vicente Huidobro, 1893-1948), 칠레의 파블로 네루다(Pablo Neruda, 1904-1973), 콩고의 치케야 우 탐'시(Tchicaya U Tam'si, 1931-1988), 쿠바의 니콜라스 기엔(Nicolás Guillén, 1902-1989), 팔레스타인

의 마흐무드 다르위시(Mahamoud Darwish, 1941-2008), 페루의 세사르 바예호(César Vallejo, 1892-1938), 폴란드의 체슬로우 밀로즈(Czeslaw Milosz, 1911-2004) 등.

이렇듯 그는 강처럼 세계를 흘러 다니며, 억압 받은 민족/민중들 사이의 가교—'바다 건너 가교'—를 만들어 간다.

경계를 넘어 나가는 것은 특히 아프리카 작가들에게 중요하지요. 사람들이 피부색이 다른 서로에 대해 관용적이지 못한 이유는 서로를 이해하지 못하기 때문입니다. 내가 당신을 이해하여 친구가 되면 당신의 실패에 더 공감하게 되고 당신의 힘에 더 관대하게 될 것 같습니다. 하지만 역사가 우리를 갈라놓는 것 같아요. 그 사이에는 분리하는 깊은 바다가 있어요. 나는 문학이 그 바다를 건너 가교를 놓는 역할을 하리라고 믿어요. 만약 당신이 아프리카인이고, 당신에 관해 이런 저런 텍스트들이 아프리카인은 인간이 아니고 문명에 아무런 기여도 하지 않았고, 아프리카는 검은 대륙이고, 아프리카는 역사가 없다고 한다면, 당신은 이런 것들이 사실이 아니라는 것을 알 것이고, 즉각 거부하고 싶을 것입니다. 거기서 벗어나는 길은 지적으로 논증하는 것입니다. 당신이 말하고자 하는 바를 가능한 한 강력하게 표현하세요. 전체 대륙이 형편없이 주변화되어 왔다면, 그 민족에게는 고쳐야 할 것들이 많다는 것입니다. 국제적인 독자들은 매우 중요합니다. (중략) 인간은 하나입니다. 세계를 여행하며 보니, 우리는 정치인들이 우리에게 믿게 하려는 것보다 훨씬 더 결속되어 있더군

요. 그래서 다양한 언어로 된 문학과 번역된 문학을 하나의 가교라
고 봅니다.

오순다레의 이러한 삶과 의식의 시적 표현 중 하나가 바로 2017년
에 발간된 시집『길이 말할 수만 있다면: 아프리카, 아시아, 유럽의 시
적 여행』이다. 여기엔 그가 2007년 9월 전주에서 개최되었던 '아시
아, 아프리카 문학 페스티벌'에 참석하여 경험한 한국을 담은 연작시
"한국 노래"가 담겨 있다.

(상략)
그대, 가교여

아프리카의 음과
아시아의 양을 이어주는
          —「신선미에게(통·번역가)」 부분

나는 돌아왔다
내 노래 뒤엔
한국의 바람
결코 자기 말을 잊지 않은
어느 강의 기억들

나는 되돌아왔다,

나의 발바닥과 교감한

전주 흙의 서정시

(중략)

전주와 서울 사이

부드러운, 잿빛 흙에서

나는 나의 아프리카 북과 장단에 잘 맞는

노래 하나 찾았다

　　　　　　　　　―「집으로 돌아와」 부분

*

　니이 오순다레의 한국어판 시선집을 만드는 일이 쉽지는 않았다. 현대 영·미시를 전공한 어느 대한민국의 한 번역자가 나이지리아의 시인과 함께 시를 선정하는 과정에서 의견을 조율하고, 나이지리아 시인의 특징적인 언어 사용 방식에 따라 변형된 영어 문장들에 관해 수많은 질문을 하고, 낯선 아프리카의 역사와 문화의 미로를 헤매는 일은 꽤 긴 시간을 필요로 했다. 그 결과 이 편역서는 원래 2019년 12월에 발간될 예정이었다. 하지만 나이지리아와 미국의 8개 출판사로부터 17권의 단행본 시집에 수록된 67편의 시에 대한 저작권 사용 허가를 받는 일에 그 어느 출판사도, 그 어느 대행사도 선뜻 나서지 않아, 『바다 건너 가교를』은 묻힐 뻔 했다. 다행히 저자의 도움으로

각 출판사에서 저작권 사용 허가를 받고 글누림 출판사의 도움으로 출판이 결정되어, 마침내 이 번역 시집이 세상에 나와 빛을 보게 되었다.

『바다 건너 가교를』이 만들어지는 과정에 도움을 준 분들이 많다. 먼저 번역 초기에 시인을 거의 이해하지 못한 상태에서 번역을 하며 마주친 온갖 사소한 질문 하나하나에 대해 성의껏 답해주고, 옮긴이가 추천한 13편의 시들을 한국어 번역 시선집에 흔쾌히 포함해 전체 시를 다시 조정한 수고를 아끼지 않았던 시인 니이 오순다레. 옮긴이가 〈지구적 세계문학〉에 번역해서 소개한 오순다레의 시 21편을 읽고, 시인과 연락하여 한국어판 번역 시선집 출간을 기획하고 이를 가능하도록 많은 애를 써준 오랜 친구 김재용 교수. 설익은 초벌 번역을 읽으며 오역을 찾아내고 수정 제안을 해준 연세대학교 구연우와 김윤서. 틈틈이 번역의 여러 단계에서 도움을 준 가족들, 특히 마지막까지 원고를 읽어준 아내 김백화. 어렵게 출판 결정을 내려준 최종숙 글누림 대표, 기획 단계에서 많은 노력을 기울여준 이태곤 편집이사, 그리고 신속하면서도 꼼꼼하게 원고를 검토해준 문선희 편집장. 이 분들에게 꼭 감사의 마음을 전하고 싶다.

2021년 11월

김 준 환

시작하며

• 시란 Poetry Is: 『장터의 노래들』

1부

• 말은 알 The Word Is an Egg: 『말은 알』

• 나는 쓴다, 고로, 존재한다 I Write, Therefore, I Am: 『말은 알』

• 나는 세상을 어루만지고 싶다 I Want to Touch the World: 『말은 알』

• 분노에 부치는 송시 Ode to Anger: 『말은 알』

• 모호한 유산 Ambiguous Legacy: 『말은 알』

• 점토(粘土) 빚기 Shaping Clay: 『연못에 드리운 깃펜』

• 오늘 아침 나는 깨어난다 I Wake Up This Morning: 『마을의 목소리』

• 의미 있는 선물 Telling Gift: 『태양의 서(書)에서』

• 겸손한 질문(1) A Modest Question(I): 『태양의 서(書)에서』

• 르완다 Rwanda: 『태양의 서(書)에서』

• 나는 한낮의 방문객 I Am a Caller at Noon: 『중년』

• 나는 열린 공간을 열망한다 I Long for Open Spaces: 『중년』

• 나는 바라본다 I Behold: 『중년』

• 제3상: 우리는 그 조각상을 불러냈다 Phase III: We Called the Statue: 『달 노래』

• 제14상: 달 주문 Phase XIV: Mooncantation: 『달 노래』

238

- 긴급구조 전화 Emergency Call: 『사람 없는 도시』

- 재난지관광업 Disastourism: 『사람 없는 도시』

- 사람 없는 도시 City without People: 『사람 없는 도시』

- 내가 상관할 바 아니지 Not My Business: 『그 계절의 노래들』

- 쓰러진 나무에 부치는 송시 Ode to a Fallen Tree: 『그 계절의 노래들』

- 농부로 태어나 Farmer-Born: 『땅의 눈』(1986)

- 약탈이 아닌, 경작을 위한 우리의 땅 Ours to Plough, Not to Plunder: 『땅의 눈』

- 첫 비 First Rain: 『땅의 눈』

- 우리의 땅은 죽지 않으리 Our Earth Will Not Die: 『땅의 눈』

- 그때, 그리고 지금 Then and Now: 『부지런한 새들』

- 감미로운 순간 Tender Moment: 『감미로운 순간들』

- 공포의 계절, 그 시절의 사랑 Love in a Season of Terror: 『감미로운 순간들』

- 공적인 격정 Public Passions: 『감미로운 순간들』

- 어느 시인의 아내에게 하는 질문들 Question for a Poet's Wife: 『감미로운 순간들』

- 모든 계절을 위한 노래 Song for All Seasons: 『그 계절의 노래들』

- 무지 Ignorance: 『장터의 노래』

- 나미비아가 말한다 Namibia Talks: 『장터의 노래』

- 국제통화기금 The IMF: 『그 계절의 노래들』

- 찰리 검문소 Checkpoint Charlie: 『태양의 서(書)에서』

- 베를린 1884/5 Berlin 1884/5: 『태양의 서(書)에서』

- 혐오에 부치는 송시 Ode to Hate: 『태양의 서(書)에서』

니이 오순다레 Niyi Osundare

니이 오순다레(Niyi Osundare, 1947~)는 나이지리아의 저명한 시인, 극작가, 비평가, 미디어 특별 기고가이다. 나이지리아 이바단의 이바단대학 학사, 영국 리즈의 리즈대학 석사, 캐나다 토론토의 요크대학 박사 학위를 받았다. 이바단대학 영문과를 거쳐 현재 미국의 뉴올리언스대학 영문학과 석좌 교수를 맡고 있다가 현재 퇴임 후 나이지리아와 미국을 오가며 작품 활동을 계속하고 있다. 18권의 시집과 두 권의 시선집, 네 편의 극작품, 두 권의 산문집 및 수많은 논문과 서평을 출간했다. 시의 대중화 및 공연으로서의 시를 위해 전 세계를 돌아다니며 시 낭독과 공연을 한다. 나이지리아 신문 『선데이 트리뷴』(Sunday Tribune)에 시 관련 글을 기고하고, 미디어를 통해 인권, 사회 정의, 환경 등에 관한 문화·사회·정치·역사적인 문제들을 제기하기도 했다. 나이지리아 작가협회 시문학상, 캐드버리/나이지리아 작가협회 시문학상, 연방 시 문학상, (아프리카의 가장 권위 있는 문학상인) 노마 문학상, (아프리카의 최고 시문학상인) 치카야 우 탐'시 아프리카 시 문학상, (문학적 창조성과 아프리카의 인권에 기여한 탁월한 인물에게 수여하는) 폰론/니콜스상 등을 수상하였다. 특히 2004년 『땅의 눈』(The Eye of the Earth, 1986)은 "25년간 발간된 최고의 25권의 책"으로 선정되었으며, 2014년에는 탁월한 문학적 학문적 업적을 성취한 인물에게 부여하는 가장 영예로운 상인 나이지리아의 국가유공자 상을 수상했다. 이를 계기로 2015년부터 현재까지 이바단 내의 대학 공동체를 중심으로 예술과 문화와 관광을 결합하고, 시인의 행적을 후세대 작가들에게 본보기로 삼기 위한 행사로 NOIPOFEST(니이 오순다레 국제 시 축제 Niyi Osundare International Poetry Festival)를 매년 개최하고 있다. http://niyiosundarepoetryfestival.org/page2.html

니이 오순다레 저서

【 시집 및 시선집 】

『장터의 노래들』(*Songs of the Marketplace*, 1983)

『마을의 목소리』(*Village Voices*, 1984)

『땅의 눈』(*The Eye of the Earth*, 1986)

『연못에 드리운 깃펜: 시편』(*A Nib in the Pond: Poems*, 1986)

『달 노래』(*Moonsongs*, 1988)

『그 계절의 노래들』(*Songs of the Season*, 1990)

『기다리는 웃음들』(*Waiting Laughters*, 1990)

『시선집』(*Selected Poems*, 1992)

『중년』(*Midlife*, 1993)

『기억의 말들』(*Horses of Memory*, 1998)

『말은 알』(*The Word is an Egg*, 2000)

『태양의 서(書)에서: 새로 쓴 시와 선별한 이전 시』(*Pages from the Book of the Sun: New and Selected Poems*, 2002)

『부지런한 새들: 중등학교 학생들을 위한 시편』(*Early Birds: Poems for Junior Secondary Schools*, 2004)

『내가 상관할 바 아니지』(*Not My Business*, 2005)

『감미로운 순간들: 사랑 시편』(*Tender Moments: Love Poems*, 2006)

『나날들』(*Days*, 2007)

『랜덤 블루스』(*Random Blues*, 2011)

『사람 없는 도시: 카트리나 시편』(*City Without People: The Katrina Poems*, 2011)

『길이 말할 수만 있다면: 아프리카, 아시아, 유럽의 시적 여행』(*If Only the Road Could Talk: Poetic Peregrinations in Africa, Asia, and Europe*, 2017)

【 산문 】

『베틀 속의 실 가닥』(*Thread in the Loom: Essays on African Literature and Culture*, 2000)

【 극작품 】

『공식 방문』(*The State Visit*, 2002, play)

『두 편의 극』(*Two Plays*, 2005)

【 단행본 학술 논문 】

『의인으로서의 작가: 아프리카 예술가와 그 사회적 책무』(*The Writer as Righter: The African Literary Artist and Their Social Obligations*, 1986, 2002)

『검은 딸기나무를 통한 조심스러운 길: 문체론과 문체 개념에 관한 비판적 분류』(*Cautious Paths Through the Bramble: A Critical Classification of Style Theories and Concepts*, 2003)

『영어로 쓴 아프리카 산문 소설에서의 문체와 문학적 소통』(*Style and Literary Communication in African Prose Fiction in English*, 2008)

『책에 대한 경의』(*Homage to the Book*, 2011)

【 기타 】

『내 조국과의 대화: 「뉴스와치」 기고문에서』(*Dialogue with My Country: Selections from the NewsWatch Column*, 1986-2003, 2007)

옮긴이

김준환 金埈煥

1960년 부산에서 태어나 연세대학교 영어영문학과를 졸업했다. 같은 대학교 대학원에서 현대 영·미시 전공으로 석사학위를 받았으며, 미국 Texas A&M 대학에서 같은 전공으로 박사학위를 받았다. 이화여자대학교 영어영문학과 교수를 거쳐 현재 연세대학교 영어영문학과 교수로 재직하고 있으며 20세기 초 모더니즘 시기부터 최근에 이르는 영시를 강의하고 있다. 저서는 『"서구 상자" 밖으로: 에즈라 파운드와 찰스 올슨의 다문화주의 시학을 향하여』(*Out of the "Western Box": Towards a Multicultural Poetics in the Poetry of Ezra Pound and Charles Olson*, Peter Lang, 2003), 공저는 『탈식민주의: 이론과 쟁점』(문학과지성사, 2003), 『포스트모던 시대의 영, 미시』(LIE, 2009), 『현대 영미 여성시의 이해』(동인, 2013), 논문은 「나이지리아의 민중시인 니이 오순다레」, 「니이 오순다레의 탈-식민, "대체-토착"시론: 새로운 세계문학의 가능성에 관한 단상」, 「김기림의 반-제국/식민 모더니즘」, 「영, 미 모더니즘 시와 한국 모더니즘 시 비교연구: T. S. 엘리엇과 김기림」, 「네그리뛰드와 민족주의: 셍고르와 쎄제르」 등이 있다. 번역서는 테리 이글턴의 『포스트모더니즘의 환상』(실천문학사, 2000), 이글턴, 프레드릭 제임슨, 에드워드 사이드의 『민족주의, 식민주의, 문학』(인간사랑, 2011), 이글턴의 『낯선 사람들과의 불화: 윤리학 연구』(도서출판 길, 2017), 캐롤 앤 더피의 『세상의 아내』(봄날의책, 2019)가 있다. 옮긴이는 현재 서구중심주의를 넘어선 모더니즘과 모더니티에 초점을 맞춰 영어권 모더니즘 시와 한국 모더니즘 시를 비교 연구하고 있으며, 『지구적 세계문학』의 편집위원으로서 니이 오순다레를 포함한 현대 영어권 시인들의 시를 번역하여 소개하고 있다.

Africa World Press Inc.:
from *If Only the Road Could Talk: Poetic Peregrinations in Africa, Asia, and Europe* (2017): "for Shin Sun-Mi," "Divided Peninsula," "Foreign Fevers," "Monk," "Book City, Paju," "Jeonju," "Seoul Food," "Homecoming"; from *Pages from the Book of the Sun: New and Selected Poems* (2002): "Telling Gift," "A Modest Question (I)," "Rwanda," "Checkpoint Charlie," "Berlin 1884/5," "Ode to Hate."

African Books Collective: New Horn Press:
from *Songs of the Marketplace* (1983): "Poetry Is," "I Sing of Change," "Ignorance," "Namibia Talks"; from *Waiting Laughters* (1990): "Waiting …," "Waiting / for the Heifer," "Waiting / the Anxious Fumes," "Waiting/ on the Stairs of the Moon," "(For the 10th of January)," "The Innocence of the Niger / Waiting," "Òkerebúkerebú," "Waiting / Still Waiting," "I Plucked These Words."

Black Widow Press:
from *City Without People: The Katrina Poems* (2011): "The Lake Came to My House," "The City," "Emergency Call," "Disastourism," "City without People."

Evans Brothers:
from *Village Voices* (1984): "I Wake Up This Morning"; from *A Nib in the Pond: Poems* (1986): "Shaping Clay."

Heinemann Educational Books (Nigeria):
from *The Eye of the Earth* (1986): "Farmer-Born," "Ours to Plough, Not to Plunder," "First Rain," "Our Earth Will Not Die"; from *Songs of the Season* (1990): "Not My Business," "Ode to a Fallen Tree," "Song for All Seasons," "The IMF"; from *Midlife* (1993): "I Am a Caller at Noon," "I Long for Open Spaces," "I Behold"; from *Horses of Memory* (1998): "Africa's Memory," "Victim of a Map," "Skinsong (2)," "End of History," "Green Memory"; from *Days* (2007): "(To Akawu)," "Food Day," "Day of the Cat," "April 22," "I Envy the Days."

Kraft Books Ltd.:
from *The Word is an Egg* (2000): "The Word Is an Egg," "I Write, Therefore, I Am," "I Want to Touch the World," "Ode to Anger," "Ambiguous Legacy."

Specturm Books:
from *Moonsongs* (1988): "Phase III," "We Called the Statue," "Phase XIV," "Mooncantation"; from *Early Birds: Poems for Junior Secondary Schools* (2004): "Then and Now."

University Press PLC, Ibadan:
from *Tender Moments: Love Poems* (2006): "Tender Moment," "Love in a Season of Terror," "Public Passions," "Question for a Poet's Wife."

글누림비서구문학전집 14

바다 건너 가교를 *Bridge across the Seas*

초판1쇄 인쇄 2021년 11월 24일
초판1쇄 발행 2021년 12월 10일

지은이　　니이 오순다레
옮긴이　　김준환
펴낸이　　최종숙
편집　　　이태곤 권분옥 문선희 임애정 강윤경
디자인　　안혜진 최선주 이경진
마케팅　　박태훈 안현진

펴낸곳　　글누림출판사
출판등록　제303-2005-000038호(2005.10.5.)
주소　　　서울시 서초구 동광로 46길 6-6 문창빌딩 2층 (우06589)
전화　　　02-3409-2055(대표), 2058(영업), 2060(편집)
팩스　　　02-3409-2059
홈페이지　www.geulnurim.co.kr
이메일　　nurim3888@hanmail.net

ISBN　978-89-6327-654-0 04890
　　　　978-89-6327-098-2(세트)